岩 波 文 庫

32-792-8

ア レ フ

J. L. ボルヘス作
鼓 直 訳

岩 波 書 店

Jorge Luis Borges

EL ALEPH

1949, 1952

目次

*

アレフ

不死の人

ソロモンは言う、地上に新しいものは無い。それゆえプラトンは思いいたった、すべて知識は追憶にほかならない。ゆえにソロモンも自説を述べる、すべて新奇のものは忘却にほかならない。

フランシス・ベーコン『随想録』LVIII

一九二九年は六月初旬のロンドンで、スミルナの古籍商ヨセフ・カルタフィルスはルサンジュ公女に、小型四つ折版で六巻(一七一五―一七二〇)のポープの『イリアッド』をお薦めした。公女はお買い上げになり、受け渡しの折に彼と言葉を交された。お話によれば、彼はやつれて土気色の肌をしていた。眼が灰色で口ひげも灰色、表情が妙にはっきりしなかった。いい加減なものだが数か国語を自在に操った。ごく短い時間のあいだに、フランス語から英語に、英語からサロニカのスペイン語とマカオのポルトガル語の混交する謎めいた言葉に移った。十月になり、公女はゼウス号の船客の一人から、カルタフィルスがスミルナへ帰る船旅の途中で亡くなり、イオス島に埋葬されたとお聞きになった。そして『イリアッド』の最後の巻でこの手稿を見つけられた。

原文は英語で書かれ、小難しいラテン語由来の辞句が頻出する。われわれの以下の翻訳は逐語的なものである。

I

記憶するかぎり、わたしの試練は、ディオクレティアヌスが皇帝であったころだが、百門《ヘカトンピュロス》の大都テーバイのさる園庭で始まった。(栄誉とは無縁ながら)わたしは最近の数次のエジプト戦役に赴いて、紅海にのぞむベレニケに駐屯中の軍団《レギオン》の司令官に成り上がっていた。みずから望んで剣を取る多くの者が熱病と呪術で倒れた。マウレタニア人らは撃破された。それまで反徒らの都市が占めていた土地は、冥界の神々に永遠に捧げられた。アレクサンドリアも攻略され、副帝《カエサル》の慈悲を乞うたが虚しかった。一年を経ないで全軍団が勝報をもたらしたが、わたしは軍神マルテの顔を瞥見することさえ叶わなかった。この不足が苦になり、おそらくそれが理由で、わたしは恐ろしい広漠とした荒野を往く、隠された〈不死の人々の都〉の発見という難事に挑んだのである。

右に述べたとおり、わたしの試練はテーバイのさる園庭で始まった。その夜のわたしは一睡もできなかった。心中ひそかに蠢《うごめ》くものがあったからだ。わたしは夜の明け切らぬうちに、起き上がった。わたしの奴隷たちは眠り続けており、月は無量の砂とおなじ色をしていた。疲れ果て、血にまみれた騎馬の男が東のかたから現われた。男はわたしの数歩さきで落馬した。渇きに苦しむ弱々しい声だがラテン語で、城壁を洗っている川の名前を尋ねた。天水《あまみず》によって養われるアイギュプトスである、とわたしは答えた。自分の探し求める川は別のもの、人間どもから死の穢《けが》れを祓う川である、と彼は切なげな声で応じた。どす黒い血がその胸から流れていた。彼は、郷里はガンジス川を越えた山深いところであり、その一帯に流布する噂によれば、西のかたに向かい、地の果てるところまで往く者は、流れが不死を授ける川に達すると言われている、と語った。そしてその対岸には、砦や円形劇場や神殿の夥しくある〈不死の人々の都〉が建っている、と付け加えた。明るくなる前に彼は息絶えたが、わたしは都とその川を発見したいと思った。死刑係に尋問されて、若干のマウレタニアの捕虜が旅人の話を請け合った。ある者は、地の果てに在って人間どもの生が久遠のものである、仙境を思い起こした。またある者は、パクトーロス川の源流があり、その住民らは一世紀を生きるという高山地帯を思い出した。わたしはローマに赴いて、哲学者らと話をしたが、人間どもの生を引き延ばすのはその苦悩を引き延ばし、その死の数を増やすだけであると、彼らは感じていた。かつて自分が〈不死の人々の都〉の存在を信じたかどうか、今のわたしには分からない。当時はその都を探求することで十分であったのだと考える。ガエトゥリアの総督のフラウィウスがこの事業のために二百名の兵士を融通してくれた。わたし自身も傭兵を募ったが、この手合い、道に詳しいなどと自慢しながら、まっさきに逃亡を図った。

その後のさまざまな出来事で、われわれの旅の最初の日々の記憶は、どうにもならぬほど歪められてしまった。われわれはアルシノエから進発し、焼けただれた砂漠に踏み入った。蛇をくらい、言葉の遣り取りを知らないトログロデュタエ人たちの土地を越えていった。女どもを共有し、ライオンを食するガラマンテ人たちの土地や、タルタロスのみを崇めるアウギラ人たちの土地などを越えていった。さらに別の砂漠をいくつも渡った。そこでは砂が黒かった。そこではまた、旅人は夜になるのを待って進まなければならなかった。日中の暑さが耐え難かったからである。わたしははるか彼方に、大海にその名を授けた山脈を望み見た。その斜面には、毒を消すという灯台草が茂っている。

そして頂上には、残忍かつ粗暴で、淫欲に耽りがちな種族であるサチュロスたちが住んでいる。大地が怪物を産んでいる、そうした野蛮な地域がその奥に名の聞こえた都を秘めているというのは、われわれ一同にとっても信じ難いことであった。しかしわれわれは先に進むことにした。ここで退いては恥になるだろうと思ったのである。数名の大胆な者が月光に顔をさらして眠り、熱に浮かされた。水槽の腐敗した水を飲んだ他の者たちは、狂気と死に陥った。そしてこの時から脱走が始まり、間をおかずに反乱が生じた。鎮圧に当たって、わたしは躊躇《ちゅうちょ》せずに苛酷な手段を執った。厳正に処分したはずだが、一人の百卒長がわたしに警告して、(兵士らの一人の磔刑《たくけい》への復讐を熱望する)反徒らがこのわたしの殺害を企んでいると言った。忠実であるごく少数の部下とともに、わたしは幕舎から逃れた。激しい砂あらしと果てしない闇の砂漠のなかで、わたしは部下たちとはぐれた。クレタ人の放った矢がわたしを貫いた。数日さ迷ったが水は得られなかった。いやあれは、陽射しによって、渇きによって、渇きへの恐れによって数を増した、長ながしい、ただの一日であったのかも。わたしは愛馬の足の向くままに進んだ。明け方、遠方にピラミッドや塔が倒立しているのが見えた。小さいが鮮明な迷宮を夢に見て、遣り切れない気分に陥った。その中心に水甕《みずがめ》が置かれていたのである。わたしの手はそれに触れそうだし、わたしの眼はそれを見ているが、迷路の曲折がいかにも複雑で困惑せざるをえないものなので、わたしには分かっていた、それに手を掛ける前に息絶えるだろうということが。

Ⅱ

ようやくあの悪夢から逃れたと思ったら、わたしは、ある山の急峻な斜面に浅く掘られた、そこらの墓ほどの大きさの、縦長の洞窟に、両手を縛られた状態で転がされていた。側壁は人間の営みよりはむしろ時間に磨かれ、湿気を帯びていた。わたしは鼓動のたびに痛みを胸に感じ、激しい渇きを喉に覚えた。わたしは外に顔を出して、弱々しい叫び声を上げた。土砂に堰《せ》かれがちで音を立てない、濁った細流が山裾に延びていた。そして対岸に、紛れもない〈不死の人々の都〉が(夕日もしくは朝日を浴びて)光り輝いていた。城壁、アーチ、正面《ファサード》、広場をわたしは見た。その基礎は石の台地だった。わたしのものに似ているが、百ほどの形の不ぞろいな石窟が山や谷に穿《うが》たれていた。砂原にあまり深くない竪穴が多数あった。そしてこの貧相な穴(と例の石窟)から、肌がねずみ色で鬚《ひげ》は伸び放題という裸の男たちが現われた。わたしは連中の正体が分かった気がした。アラビア湾の沿岸やエチオピアの洞窟に多く住んでいる、トログロデュタエ人という野獣めいた種族に属するのである。言葉を話さず、蛇を貪《むさぼ》るが、わたしは驚かなかった。

渇きに迫られて、わたしは大胆になった。砂原から三十フィートほどの高さのところにいると計算した。眼を閉じ、後ろ手に縛られた状態で、斜面の下に身を投げた。血まみれの顔を黒ずんだ水に突っ込んだ。水飼い場の家畜のように、飲んだ。再び眠りと錯乱状態に消えいる前に、不可解なことだが、わたしはギリシア語の一句を繰り返した。**アイセーポスの黒き水を飲むゼレイアの富めるトロイア人たち**……。

どれだけの昼と夜がわたしの頭上を巡っていったことか。苦痛に苛まれながら、洞窟の奥に戻ることも叶わず、砂地に見捨てられた裸のわたしは、月と太陽がこの身の悲運をもてあそぶのを何ともできなかった。野蛮かつ幼稚なトログロデュタエ人らは、わたしの生死のようすがとはならなかった。わたしを殺せ、と彼らに乞うたが空しかった。ある日、わたしは燧石《ひうちいし》の鋭い縁で縛《いまし》めを断った。またの日、わたし——ローマの軍団の一つの司令官たるわたし、マルクス・フラミニウス・ルーフス——は起き上がって、初めて口にする忌わしい蛇肉を乞うことが、いや盗むことができた。

〈不死の人々〉に会い、人間の規矩《きく》を超えた〈都〉に触れてみたいという強い欲望は、わたしをほとんど眠らせなかった。わたしの意図を見抜いたかのように、トログロデュタエ人らも眠らなかった。わたしは最初、彼らはわたしを監視していると思った。やがて、わたしの不安が取りついたのだ、犬どもに取りつくことがあるように、と思った。この野蛮な集落から去るのに、わたしはもっとも人目に触れる時間、つまり、ほとんどすべての人間が岩の割け目や竪穴から現われて、見るともなく西方に顔を向ける斜陽の刻限をえらんだ。神の加護を願うためというよりも、明瞭に発音した言葉であの部族を怯ませるつもりだったが、わたしは大きな声で祈った。土砂の洲で堰かれがちな細流を渡って〈都〉を目指した。何を思ったか二、三人の男が追ってきた。彼らは(その種族の他の者たちと同様に)短軀であった。恐怖ではなく嫌悪を覚えさせた。石切り場と思われる凹凸の激しい窪地をいくつも迂回せざるをえなかった。〈都〉の壮大さに惑わされて、わたしはそれを近いと思い込んでいた。真夜中ごろ、黄色い砂に偶像めいた形を逆立たせている、城壁の黒い影を踏んだ。聖なる畏怖と言うべきものがわたしの足を止めた。新奇さと砂漠はいかにも人間の嫌うものであるので、トログロデュタエ人たちの一人が最後まで付いてきてくれたのが嬉しかった。わたしは眼を閉じたが(眠らずに)朝日の射すのを待った。

すでに述べたとおり、〈都〉は石の台地のうえに築かれていた。断崖にも比すべきこの台地は、城壁に劣らず近づき難かった。わたしは意味もなくそこらを歩き回った。黒ずんだ土台はわずかな凹凸も見られず、変化のない壁には門ひとつあるとは思えなかった。陽射しの強さのせいで、わたしは洞窟の一つに身を隠さざるをえなかった。奥に竪穴があり、その竪穴の内部の闇の奈落へと一本の梯子《はしご》が延びていた。わたしは下へ降りていった。入り組んだ不潔な地下道を伝ううちに、ほとんど向こうの見えない、広い円形の部屋に辿り着いた。その地下室には九つの扉があった。八つは、人を欺いておなじ部屋へ出る迷路に通じていた。九番目のものは(別の迷路をへて)最初の部屋とおなじ、二番目の円形の部屋に通じていた。部屋の総数はわたしも知らない。わたしの不運、わたしの不安のせいでその数が増したのである。静寂は敵意にみち、ほとんど完璧であった。深く延びる、その石の網目のなかでは、それが生じる理由が分からないが地下風よりほかには物音はしなかった。水が鉄錆《てつさび》色の、細い流れが音もなく岩の割れ目に消えていた。恐ろしいことだが、わたしはこの奇妙な世界に慣れてしまった。九つの扉を備えた地下室、分岐していく長い地下室いがいのものが存在するとは信じられないと思ったのだ。今のわたしには、地下をさ迷わなければならなかった時間の長さは分からない。覚えがあるのは、おなじ郷愁を感じながら、蛮人らの恐ろしい集落と葡萄の房に囲まれた生まれ故郷の都市とを混同したことであった。

一本の回廊の奥で、予期しなかった壁が行く手を遮り、高みから一条の光線が降ってきた。くらむ眼で見上げると、紫色と見えかねぬほど青い、円形の空が眩暈《めまい》を覚えるようなところ、非常に高いところに見えた。鉄の梯子が一面の壁を這い上がっていた。疲労で足に力が入らなかったが、ただ時折止まるだけで昇ってゆき、ぶざまながら喜悦のあまりすすり泣いた。柱頭や玉縁《たまぶち》、三角の破風や円蓋、花崗岩と大理石の混交した豪華な造りなどがしだいに見えてきた。こうしてわたしは、暗い迷路の絡まり合った見通しの悪い場所から、光りかがよう〈都〉へと上ることを許されたのであった。

わたしは小さな広場めいたところ、むしろ中庭めいたところへ出た。形もふぞろい、高さもさまざまという、ただ一棟の建物がそこを取り囲んでいた。多種多様な円蓋と円柱とが、雑然とした建物に付属していた。この信じ難いモニュメント的な存在の他のいかなる特徴より、わたしを驚かせたのはその本体の大変な古さであった。それは人間の存在より以前の、大地より以前のものであると、わたしは直感した。この明らかな古さは（人間の眼にとってはある意味で恐ろしいものであったが）不死の職人たちの営みに相応したものと思われた。最初は慎重に、後には無関心に、最後は自棄的な気分で、わたしはこの不可解な宮殿の階段と舗石の上をさ迷った。（あとで調べたところでは、段の幅と高さがまちまちであり、わたしが妙な疲労感を覚えたのも、そのせいであることを悟らされたのであった）。**この宮殿は神々の造営になるものと**、初めわたしは考えた。無人の場所をあちこちして、考えを改めた。**これを建てた神々はすでに亡くなった**。その特徴に注目し、口に出して言った。**これを建てた神々は狂っていた**。いま思うと、わたしはそのことを、ほとんど後悔にも似た不可解な非難の気持ちを込めて、言ったのである。とてつもない古さという印象に、別のそれが付け加えられた。無際限という印象、異常という印象、複雑にして愚劣という印象など。わたしは一つの迷路を抜けたのだが、明確な〈不死の人々の都〉の存在はわたしに恐怖と嫌悪を抱かせた。迷宮とは人間を困惑させるために造られた家である。その構造はシンメトリーに富んでいて、その目的に適っている。不完全ながら探索した宮殿では、構造が目的を欠いていた。出口のない廊下、手の届かぬ高い窓、独房か竪穴に通じる豪華な扉、逆向きの、つまり段と手すりが下向きという信じ難い階段などが多数あった。壮麗な壁面に貼り付きながら軽々と舞い上がった別の階段は二度、三度と旋回したのち、円蓋の上方の闇のなかに消えていた。わたしが挙げてきた例がすべて、文字どおり真実のものであるか否かはわたしも知らない。分かっているのは、それらが長年にわたって、わたしの悪夢のなかを横行してきたことである。これこれの特徴が現実を写し取ったものなのか、それともわたしの夜を狂おしいものにした形象を写し取ったものなのか、もはやわたしにも分からない。この〈都〉は(とわたしは考えた)いかにもおぞましいものであり、その単なる存在と持続でさえも、荒漠たる秘境のただ中のこととはいえ、過去と未来に悪影響を及ぼし、何らかのかたちで星辰を危くするものである。それが存続するかぎり、この世界の誰ひとりとして価値ある、もしくは幸福な人間ではありえない。わたしは〈都〉の描写をするつもりはない。異質な言葉のカオス、虎あるいは雄牛の胴体、そこでは歯、臓器、頭部などが絡み合い、憎み合いながら、異様な蠢きかたをしている、と言えば(おそらく)近似値的なイメージたりえるだろう。

塵が積もった湿っぽい地下墳墓をぬう帰路のことを逐一覚えてはいない。ただ心得ているのは、最後の迷宮を抜け出すさいに、再び忌わしい〈不死の人々の都〉に取り囲まれるのでは、という不安が去らなかったということである。他のことは一切、記憶にない。今となってはどうにもならない、この忘却はおそらく意志的なものであった。わたしの脱出の状況がおそらく不愉快すぎたので、やはり忘れられるべくして忘れられたある日、わたしはそれらの状況を忘れようと誓ったのであった。

III

わたしの試練の物語を丹念に読んだ者たちは、例の部族の一人の男が、あたかも犬があとを追うように、城壁のふぞろいな影の辺りまで、わたしを追ってきたことを記憶しているだろう。最後の地下室から外に出たとき、わたしは彼が洞窟の入口にいるのを見た。彼は砂地に横たわり、ぎこちない手つきで、何行もの記号を書いたり消したりしていた。夢に現われる文字めいた記号は、理解しかけたとたんに一塊りになった。わたしは最初、それは野蛮人らの文字であると信じたが、やがて、発話に達していない人間たちが書記に達していると思うことの愚を悟った。さらに、それらの形のどれ一つとして他とおなじではなく、この事実は、それらが何かの象徴である可能性を退けるか弱めるかするものであった。男はそれらの形を書き、見つめ、書き直した。そして突然、その遊びに飽いたとでもいうように、手のひらと前腕で消した。こちらに眼を向けたが、わたしが分かったとは思えなかった。しかし、身内をひたす安堵感がいかにも深かった(つまり、わたしの孤独感がいかにも深く恐ろしいものであった)ので、わたしは、洞窟の地面からわたしを見つめている、この未開のトログロデュタエ人がわたしを待ち続けていたのだと思わざるをえなかった。陽射しは平原を焼いていた。星が瞬き始めたので集落への帰途についた時も、足下の砂は熱かった。トログロデュタエ人がわたしを先導した。わたしはその夜、いくつかの単語を認識し、場合によれば反復できるように、彼を仕込んでみたいと思った。犬や馬も(とわたしは考えたが)前者が可能である。多くの鳥は、副王らの飼う小夜啼き鳥のように、後者が可能である。ある人間の理解力がいかに粗雑なものであっても、犬畜生のそれには優るにちがいない。

トログロデュタエ人の卑屈さや惨めさは『オデュッセイア』の老いぼれて死に瀕した犬、アルゴスの姿をわたしの脳裡に呼び戻した。というわけで、わたしは彼にアルゴスの名を与えて、それを教え込もうと努めた。失敗した。失敗を重ねた。さまざまな工夫、厳しさや根気もまったく役立たなかった。どんよりとした眼で身じろぎもしない彼は、わたしが懸命に教え込もうとする音をまともに聞いているとは思えなかった。わたしから数歩のところにいながら、はるか遠くに在るかのように見えた。崩れかけの小さな溶岩のスフィンクスではないが、砂地に寝そべって、明け方から暮れ方まで空が頭上を巡るのをただ眺めていた。彼がこちらの意図に気づいていないはずはないと、わたしは判断した。無理やり働かされないよう、猿たちは故意に口を利かない。エチオピア人らのあいだでは、そう言われていることを思い出して、わたしはアルゴスの沈黙を不信と恐怖のせいにした。この想像からさらに妙なこともあれこれ空想した。アルゴスとわたしは異なる世界に属している、と考えた。われわれの個々の認識はおなじでも、アルゴスはそれらを別のかたちで結合させ、それらによって別の対象を構成している、と考えた。おそらく彼にとって対象は存在せず、まさに一瞬の印象の目くるめく連鎖が存在するのみである、と考えた。記憶の欠けた、時間を欠いた世界を考えた。名詞を知らない言語、非人称動詞か不変化形容詞から成る言語の可能性について思い巡らした。こうして日々が、日々とともに年々が事切れていったが、ある朝、浄福にまごうある事態が生まれた。静かに、強い雨が降り始めたのである。

砂漠の夜は寒いはずなのに、あの夜はまさに炎火であった。わたしは、テッサリアのある川(むかし、その流れに一匹の黄金の魚を返してやった)がこのわたしを救いにやってくるのを夢見た。赤い砂と黒い石の上で、わたしは川が近づいてくる音を聞いた。空気の爽やかさと雨の賑やかな音で、わたしは目が覚めてしまった。裸で外に出て、雨を受けた。夜も終わろうとしていた。黄色い雲の下、あの種族の者たちはわたしに劣らず喜び、何やら恍惚とした面持ちで激しい驟雨に身を曝していた。神憑《がか》りの状態に陥ったコリュバースたちを思わせた。アルゴスは天の一角を睨んで呻いていた。大粒の雨滴がその顔を伝っていた。雨滴だけではなく、(わたしも後で知ったのだが)涙も伝い落ちていた。アルゴス、とわたしは大きな声で呼びかけた、アルゴスよ!

するとはるか昔に失い、忘れていたある物を見つけたように微かな驚きを込めて、こう呟いたのである。アルゴス、オデュッセウスの犬。そしてさらに、やはりわたしのほうを見ずに、糞のうえに横たわるこの犬、と。

おそらく、何物も現実ではないと直感しているからこそ、われわれは簡単に現実を受け入れる。『オデュッセイア』について何を知っているか、わたしは彼に尋ねた。ギリシア語を操るのは、彼にとって容易なことではなかった。わたしは質問を繰り返さなければならなかった。

ごく僅かだ、と彼は言った。もっとも拙い吟遊詩人にも劣る。あれを作ってから、もはや千と百年が経っただろう。

Ⅳ

一切が明らかになった、あの日に。トログロデュタエ人たちが〈不死の人々〉であった。砂まじりの流れの細流が騎馬の男の求める〈川〉であった。その名がガンジス川まで届いていた都市についてだが、九世紀ほど前に〈不死の人々〉が壊滅させてしまった。彼らはその破壊の残存物を使って、おなじ場所に、わたしの歩き回った異様な都市を建設した。それは一種のパロディもしくは裏返しであり、同時にまた、世界を統べる不条理な神々の、われわれに似ていないということ以外は何も分からぬ神々の、神殿であった。あの建設こそは〈不死の人々〉が最後に受け入れた象徴的行為であった。すべての営為は虚しいと判断して、思考のうちに、純粋な思索のうちに生きることを決意した時期を画するものである。彼らは建造物をこしらえたが、それらのことを忘れ、洞窟に住むようになった。思索に没頭するあまり、形而下的な世界をほぼ知覚しえなかった。

こうした事柄を、ホメーロスは幼児を相手にしているように語った。また自分の老いと最後の航海について、わたしに語ってくれた。海がいかなるものかを知らず、塩で味付けした肉を口にせず、櫂がどのようなものかを考えもしない人間たちのもとに達したいという意図に、オデュッセウスとおなじく突き動かされて企てた航海である。ホメーロスは〈不死の人々の都〉に一世紀も住んだ。そこが破壊された時は、別の都の建設を勧めた。これは驚くべきことではない。周知のとおり彼はイリオンの戦いを歌ったのち、蛙と鼠との戦いを歌った。宇宙《コスモス》を、そしてその後に渾沌《カオス》を創造した神さながらの存在であった。

不死であることは無意味である。人間を除いて、すべての生き物は不死である。死を知らぬから。不死であることを知る。これこそが聖なること、恐るべきこと、理解を超えたことなのである。さまざまな宗教が存在するにもかかわらず、そうした信念はきわめて稀なことにわたしは気づいた。ユダヤ教徒、キリスト教徒、イスラーム教徒は不死を信じているが、一生にたいして払う崇敬は、彼らがもっぱらそれを信じていることを証明する。なぜならば彼らは、数については無限の、他の生を挙げて一生を賞揚もしくは非難にあてているのだから。ヒンドスタンのいくつかの宗教が説く輪廻がより理に適っていると、わたしには思われる。始めも終わりもない、その輪廻においては、すべての生が前生の結果であり、後生を生むけれども、いずれも総体を決定づけることはなく……何世紀にも及ぶ修行により教化されて、不死の人々の集団は完璧な寛容とおおむね完全な無関心に達していた。無限の時間枠のなかでは、すべての人間にすべての事が起こると心得ていた。過去または未来の徳行によって、あらゆる人間があらゆる善果を受けることが可能だが、同時に、過去または未来の悪行のゆえに、あらゆる罰を受けることもある。賭け事では、奇数と偶数が均等化するのとおなじように、俊敏さと魯鈍《ろどん》さとが打ち消し合ったり矯《た》め合ったりする。粗野そのものの『わがシッドの歌』は、おそらく『牧歌』の一つの形容詞によって、あるいはヘラクレイトスの一つの金言によって求められる、いわば平衡錐《へいこうすい》なのだろう。つかのまの思念もまた眼に見えぬある企図に基づくもので、秘められた形式を完成させる、いや発出させるのだろう。未来の世紀において善となるであろう、あるいは過去の世紀においてすでに善となったはずである、というので悪を為した者たちをわたしは知っているが……こう考えると、われわれの行為はすべて正しいが、しかし同時に些細なことである。道徳的あるいは知的な価値は存在しない。ホメーロスは『オデュッセイア』を作ったが、無限の状況と変転を伴った無限の時間というものを想定すれば、『オデュッセイア』が一度も作られなかったということは、およそありえない。何者も何者かではなく、一個の不死の人間はすべての人間である。コルネリウス・アグリッパのように、わたしは神であり、哲学者であり、悪魔であり、世界である、とはつまり、回りくどい物言いになったが、わたしは存在しない、ということなのである。寸分の狂いもない果報の網目という考えは〈不死の人々〉に多大の影響を及ぼした。第一に、彼らを慈悲を欠く存在にしてしまった。向こう岸の野原を割いている石切り場の話をしたはずだが、一人の男がそのもっとも深い窪みに転落した。傷を負うことも死ぬこともなかったけれども、激しい渇きに苦しめられた。一本の綱が投げ下ろされるまでに、七十年の時が経っていた。己れの運命でさえ関心の対象ではなかった。肉体は従順そのものの家畜であり、月毎に、数時間の睡眠、少量の水、一片の肉の施しがあれば足りた。なんぴとも苦行者の類いにわれわれを貶めてはならない。思索より複雑な喜びは存在しないが、われわれはそれに没頭していたのである。時折、常ならぬ刺激がわれわれを形而下の世界に立ち返らせた。例えば、あの朝の雨という、むかしながらの素朴な喜びである。そうした機会はきわめて少ない。〈不死の人々〉のすべてが完璧な平静さを保つことができる。今も記憶にあるが、一度として立っているのを見たことのない男がいた。一羽の小鳥がその胸に巣をかけていた。

因果応報の教えから生じるさまざまな命題のなかに、理論的にはおよそ重要ではないが、十世紀の初葉か末葉に、われわれを地球上に拡散させるに至ったものが一つある。それは以下の言葉で表わせるだろう。**その水が不死を授ける川がここに在る。どこかに、その水が不死を洗いさる川が在るだろう。**川の数は無限ではない。世界を駆けめぐる不死の旅人は、いつの日にか、すべての川の水を飲んだことになるだろう。われわれは、その川の発見を意図したのである。

死(もしくはその予感)によって人間たちは、かけがえのない哀れを誘う存在となる。この者たちは幻という有り様によって、われわれの心を揺さぶる。彼らが実践する行為のすべてが最後のものでありえる。夢のなかの顔ではないけれど、やがて薄れて消えることのない顔はない。死すべき人間たちのあいだでは、一切が再び起こりえないもの、偶然のものという性質を有する。それに引き替えて〈不死の人々〉のあいだでは、すべての行為(そしてすべての思考)が、始まりの眼に見えない過去において先行した他の行為の余映であるか、あるいは目くるめくほど未来において反復される他の行為の忠実そのものの予兆である。倦むことを知らぬ鏡たちのなかに紛れ込んだような、そんな状態にないものは存在しない。何事も一度しか起こらないことはなく、何事もこの一瞬の、かけがえのないものではない。哀れっぽさ、深刻さ、堅苦しさなどは〈不死の人々〉には無縁である。ホメーロスとわたしはタンジールの城門の前で別れたが、挨拶も交さなかったと思う。

V

わたしは新しい王国を、新しい帝国を転々とした。一〇六六年の秋にはスタンフォード・ブリッジで戦った。遠からず天命の尽きるハロルドの陣営でのことであったか、それとも六フィートかそこらのイギリスの土地を征服した、あの不幸なハラルド・ハードラードの陣営であったか、もはや記憶していないが。回教暦《ヒジュラ》で七世紀のことだが、わたしは場末のブーラークで、すでに忘れてしまった言語の、今では覚えのない字母を用いて、シンドバッドの七度の航海と青銅の都市の物語とを伸びやかな書体で筆写した。サマルカンドの牢獄の中庭では、チェスを大いに楽しんだ。ビカニールで、さらにまたボヘミアで占星術を講じた。一六三八年、わたしはコロズヴァールにいたが、その後ライプチヒに移った。一七一四年にはアバディーンで、ポープの『イリアッド』六巻を予約購入し、しばしばひもといて楽しんだ記憶がある。一七二九年ごろ、この詩篇の起源について、ジャンバッティスタという名前であったと思うが、修辞学の教授と議論した。彼の理論は反論を許さないという印象を持った。一九二一年の十月四日、わたしをボンベイに運んでいた**パトナ**号がエリトリア海岸のある港に停泊する必要が生じた。[*1] わたしは下船した。やはり紅海を前にした、遠いむかしの朝を思い出していた。当時のわたしはローマ軍団の司令官であり、兵士らは熱病と呪術と無為によって苦しめられていた。町はずれで、わたしは水の澄んだ豊かな流れを目にした。習慣に従って、その水を口に含んでみた。急な斜面をよじ登ったとき、一本の棘《とげ》のある木がわたしの手の甲を傷つけた。尋常でないと思われる激痛をわたしは覚えた。信じがたくて言葉を失いながら至福に浸りつつ、貴重な血の滴がゆっくりと盛り上がっていくのを眺めた。ふたたび自分は死すべき存在となった、と心のうちで繰り返した、ふたたび自分はあらゆる人間とおなじようになったのだ。その晩、わたしは明け方まで眠れた。

……一年が経ってから、わたしはこの文書を読み返してみた。おおむね真実を語って

＊1　手稿に抹消がある。おそらく、港の名称が消されたのだろう。

いることは確かだが、しかし冒頭の数章、いや他の章のいくつかの段落にも、偽りめいたものが認められると思う。それはおそらく、詩人たちから学んだ技法であるが、細部描写のなせる業だろう。この技法はすべてを偽りめいたものに貶める。なぜならば、そうした細部は出来事のうちに多く見られるが、それについての記憶のなかではそうはいかないから……しかし、わたしはより個人的な理由を見出しえたと信じている。以下、それについて書くことにする。空想癖のある者と判断されても、一向にかまわない。

わたしが語った話が非現実的だと思われるとすれば、その理由は、そこでは二人の異なる人物をめぐる出来事が混交しているということである。第一章では、騎馬の男がテーバイの城壁を洗う川の名前を知りたがった。それ以前に〈百門の《ヘカトンピュロス》〉という形容詞を市に与えた者であるが、フラミニウス・ルーフスは、川はアイギュプトスであると言った。こうした物言いは、彼にではなくホメーロスに相応しい。ホメーロスは『イーリアス』のなかで、はっきりとテーバイ・ヘカトンピュロスと述べており、『オデュッセイア』のなかではプローテウスとオデュッセウスの口を借りながら、一貫してナイルに代えてアイギュプトスを用いているのである。第二章では、不死の水を飲んだとき、ローマの男はギリシア語で呟いた。その言葉はホメーロスのものであり、有名な船の目録の末尾に見出されるだろう。ローマの男はその後も、目くるめく宮殿のなかで「後悔にも似た非難」について語った。この言葉は、そうした恐怖をすでに予測していた、ホメーロスにこそ相応しい。そうしたずれはわたしを不安に陥れたが、美的な次元での他のずれは、むしろ真実を見抜くことを可能にしてくれた。実は最後の章にそれらは含まれている。そこには、わたしがスタンフォード・ブリッジで戦ったことや、ブーラークで船乗りシンドバッドの航海を筆写したことや、アバディーンでポープの英訳による『イリアッド』を購入したことなどが書かれている。なかんずく《インテル・アリア》、「ビカニールで、さらにまたボヘミアで占星術を講じた」とある。こうした記録はいずれも誤りではない。意味があるのは、それらがとくに強調されていることである。それらのうちの第一点は、戦士にこそ相応しいと思われるが、やがて、語り手が意を留めているのは戦いではなく、人間たちの運命であることが分かる。それ以下の記述はより奇妙である。漠然たるものながら根源的な理由によって、わたしはそれらを記録した。そうしたのは、それらが悲壮なものであることを知っていたからである。ローマ人のフラミニウス・ルーフスにより語られれば、悲壮ではない。ホメーロスにより語られれば、悲壮である。後者が十三世紀にシンドバッドの、もう一人のオデュッセウスの冒険を筆写し、何世紀もの時をへて、ある北国の野蛮な言葉のなかに、彼の『イーリアス』のさまざまな形を見出すのは奇妙なことである。ビカニールの名を挙げている文章について言えば、〈船の目録の作者と同様に〉華やかな語彙を誇示したいと強く願う、ある文士の手になることは明らかである。[*1]

終わりが迫ると、もはや記憶のイメージは残らない。残るのはただ言葉だけである。かつてわたしを表現していた言葉と、何世紀もわたしと共にあった者の象徴であった言葉とを、時間が混同したとしても不思議ではない。わたしはホメーロスであった。間もなく、オデュッセウスのように〈何者でもないもの〉になるだろう。間もなく、すべての者になるだろう。すなわち、死者となるだろう。

一九五〇年の追記。 既刊の本篇が生んだ論評のうちで、もっとも洗練されたものではないが、もっとも好奇心をそそるものは、聖書ふうに『七色の衣』〈マンチェスター、一九四八〉と題した、ナフム・コルドヴェロ博士の精根こめた労作である。ページ数はおよそ百で、ギリシアの継ぎはぎ文、ラテン後期の継ぎはぎ文、セネカの片言隻語を借りて同時代人を評したベン・ジョンソン、アレグザンダー・ロスの『福音主義者ウェルギリウス』、ジョージ・ムアとエリオットの技巧、最後に〈骨董商ヨセフ・カルタフィルスのものとされる物語〉について語っている。第一章ではプリニウス(『博物誌』V・8)からの、第二章ではトマス・ド・クウィンシー(『著作集』Ⅲ・439)からの、第三章では大使ピエール・シャニュ宛てのデカルトの書簡からの、第四章ではバーナード・ショー(『メトセラに帰れ』V)からの短い借用を批判している。そうした挿入、あるいは盗用から推して、一切が偽作なりと断じているのである。

私見によれば、この結論は認めがたい。**終わりが迫ると**、とカルタフィルスは書き残した、**もはや記憶のイメージは残らない。残るのはただ言葉だけである**。言葉、移し変えられ寸断された言葉、別の人間たちの言葉。これこそ、あまたの時間と世紀が彼に残していった、ささやかな施しであった。

セシリア・インヘニエロスに

＊1　エルネスト・サバトは、骨董商のカルタフィルスを相手に『イーリアス』の成立について議論した〈ジャンバッティスタ〉は、ジャンバッティスタ・ヴィーコであると言う。このイタリア人は、ホメーロスはプルトーンやアキレウスふうの象徴的な人物であるとする説を支持していた。

死　人

ブエノスアイレスは場末の生まれで、度胸のいいのが自慢のようだが、それを除けばなんの取り柄もない、けちな無法者がブラジルの辺境の荒野に馬で乗り込んで、密輸人らのボスにのし上がるというのは、およそありえない話のように思われる。意見をおなじくする者のために、ベンハミン・オタロラの辿った運命について、これから語るつもりなのだが、彼についてはバルバネラ地区においてさえ、おそらく一片の記憶も残っていないのではないか。実は、彼はいかにもその身に相応しく、リオ・グランデ・ド・スルの州内で一発くらって死んだのである。彼の波乱の生涯については、私も細かいことは知らない。それが明らかになれば、以下の文章を書き改めたり書き足したりしなければならないが、とりあえずこの要約めいたもので十分だろう。

ベンハミン・オタロラは一八九一年には十九歳になっていたはずだ。ひどく狭い額、生まじめな明るい瞳、バスク人らしい逞しさなどが目立つ若者で、ナイフの決闘のめでたい結果によって、自分が大胆な男であることも知っていた。相手の死で動揺することはなかった。直ちに国の外に出なければならぬという立場に立たされても、おなじだった。地区のボスが、ウルグアイの、アセベド・バンデイラという者宛ての紹介状をよこした。オタロラは船で往くことにした。途中で時化《しけ》に見舞われ、船体が激しく軋んだが、翌日にはモンテビデオの街をうろついた。口に出さない、そしておそらく覚えのないもの悲しさを嚙みしめながらだが。アセベド・バンデイラには会えなかった。真夜中ごろ、パソ・デ・モリーノのある店で牛追いの牧夫らの喧嘩を目にした。ナイフが閃めいた。どちらの言い分が正しいのか分からなかったが、オタロラは、他の者たちがトランプや音楽に惹かれるように、純粋な危険の感覚に魅せられていた。乱闘のさなかにオタロラは、ある牧夫が黒い山高帽とポンチョの男めがけて突き上げた、ナイフの一撃を受けとめてやる。あとで、この男がアセベド・バンデイラであることが分かった。(オタロラはそれを知ると、例の紹介状を破り捨てた。すべてを己れの才覚に頼りたかったのである)。アセベド・バンデイラは逞しかったが、どういう訳か異様な印象を与えた。いつも鼻先まで寄せてくる顔にはユダヤ人と黒人とインディオめいたものがあった。身のこなしは猿や虎を思わせたし、頬を斜めに走る傷痕は、強《こわ》そうな黒い口ひげとおなじで、余分な飾りものだった。

酒のうえの座興か行き違いかといった喧嘩は、始まった時とおなじように唐突に終わった。オタロラは牛追いの牧夫らと酒を飲み、そのあとの連中の馬鹿騒ぎにも付き合った。さらにそのあと旧市街の一軒の大きな屋敷までお伴をしたが、すでに陽は高く昇っていた。土のままの奥の中庭で、男たちは馬具にもたれて眠った。ぼんやりとだが、オタロラはその晩を前の晩と比べてみた。いまは堅い地面の上に立ち、仲間にも囲まれている。一つ確かなのは、ブエノスアイレスが懐かしくないことに多少の後ろめたさを覚えることだ。晩鐘の鳴るころまで眠ったオタロラは、酔ってバンデイラに絡んだ土地の男に起こされた。(この男が他の連中と馬鹿騒ぎの一夜を楽しんでいたことや、バンデイラの右に座って飲み続けるよう無理強いされていたことなどを、オタロラは思い出した)。男は、ボスが呼んでいると言った。玄関のホール(オタロラは左右にドアのあるホールを見たことがなかった)に通じる書斎のような部屋で、色の白い人を小馬鹿にしたようでもある赤毛の女と一緒に、アセベド・バンデイラが待っていた。バンデイラはオタロラをしきりに持ち上げた。ラム酒を一杯すすめた。度胸のいい男のように思えると繰り返し、牛の群れを運ぶために他の連中と北へ行かないかと持ちかけた。オタロラは受け入れた。夜の明けるころには、一行はタクアレンボーを目指して出立した。

このときからオタロラにとって、広野の夜明けと馬の匂いの付きまとう仕事という生活、別の人生が始まった。この暮らしは彼にとって目新しいものであり、時には辛いものであったが、しかしその血にすでに潜んでいたものでもあった。他国の者たちが海を崇めたり、海に心を騒がせられたりするのと同様に、われわれは——これらの記号を織り込む者もまた——蹄の下でとどろく無涯の平原にあこがれを抱くのだから。オタロラは一番手や二番手の馬方の街で育ったのだが、一年足らずで一人前の牧夫になった。馬を自在に乗り回したり、雌馬の群れを馴らしたり、畜殺したりすることを覚えた。牛馬を押さえ込むロープや横倒しにする投げ玉を操るすべを覚えた。眠気やあらし、冷え込みや強い陽射しなどに耐えることを覚えた。口笛や掛け声で牛馬を追い立てることを覚えた。この修業時代にアセベド・バンデイラを見かけたのは一度きりだったが、その存在は強く意識していた。**バンデイラの手下**であるというだけで、一目置かれ、恐れられたからだ。また、どんなに男らしい振舞いを見せられても、バンデイラのほうが上だと牧夫たちが言ったからだ。ある男の話によれば、バンデイラはクアレイム川の対岸のリオ・グランデ・ド・スルの生まれだという。これは彼の値打ちを下げそうなものなのに、鬱蒼とした密林、湿地帯、錯綜した無限に近い空間的な隔たりは、漠然とではあるが、むしろバンデイラの価値を高めることになった。バンデイラは手広く仕事をしており、その主要なものは密輸であることを、オタロラは徐々に理解した。牛追いであることは、人に使われる者であるということ。オタロラは密輸人に出世しようと誓った。ある晩、仲間のうちの二人が国境を越え、何箱かのラム酒を持ち帰るということになった。オタロラはその一人に喧嘩を売り、傷を負わせて取って代わった。野心と同時に、曖昧な忠誠心がその動機だった。手下のウルグアイ野郎が束になってかかって来ても、俺には敵わねえってことを(と彼は考えた)奴に思い知らせてやるんだ、そのうちに。

さらに一年が経って、オタロラはモンテビデオに帰ることになった。場末から(オタロラにはひどく広いものに思われた)市街地を駆け抜けて、ボスの家に辿り着いた。仲間たちは奥の中庭に馬具を広げた。いたずらに日が経ち、オタロラはバンデイラに会うこともなかった。仲間たちは心配して、ボスは病気ではないかと言った。いつも肌の黒い男がポットとマテ茶を持ってボスの寝室に上っていった。ある日の午後、その仕事がオタロラに任された。オタロラは微かな屈辱感を覚えたが、しかし同時に満足感も味わっていた。

寝室は殺風景なもので薄暗かった。バルコニーは西向きだった。長いテーブルのうえに雑然と置かれた乗馬や牛追い用の鞭、ベルト、銃、ナイフの類いが閃めいていた。表の曇った鏡が遠方の風景を映していた。バンデイラは仰向けに横たわっていて、夢を見てだろう、うなされていた。落日の強い光がその姿を浮かび上がらせていた。大きな白いベッドがそれを小さく、黒っぽく見せていた。オタロラは白髪、疲労、無気力、歳月の刻んだ深い皺などをそこに見て取った。こんな老いぼれの言いなりかと思うとうんざりした。奴を片付けるのは一発で十分だと考えた。この時、何者かが入ってくるのを鏡を通して見た。赤毛の女だ。しどけない格好と裸足。女は冷やかだが好奇心にみちた眼でオタロラを眺めた。バンデイラが上体を起こし、平原のことを話題にし、マテ茶を何杯も飲みながら、その指で女の三つ編みの髪をもてあそんだ。そしてようやく、オタロラにもう下がっていいと言った。

数日後、北へ向かえという命令が一同のもとに届いた。果てしない平原のどこにでもある、荒れた牧場に辿り着いた。木立や小川など、辺りを和ませるものはまったく無く、明け方と暮れ方の陽射しも痛いほどだった。家畜を入れる石囲いがあったが、角のやたら大きい牛たちは痩せこけていた。この貧相な牧場の名前は**エル・ススピロ**(吐息)だった。

オタロラは住込みの雇い人たちと一座していて、まもなくバンデイラがモンテビデオからやって来るだろうという話を聞いた。その訳を尋ねるとある男が、牧夫きどりの他国者《よそもの》が大きな顔をしてのさばっているからだ、と教えてくれた。オタロラは冗談と取ったが、しかしそんな冗談が言われるまでになったこと自体は彼の自尊心をくすぐった。その後の調べで、バンデイラが政治屋たちの一人と仲たがいし、この者が彼への後押しをよしてしまったことを突きとめた。この情報はオタロラを喜ばせた。

何箱もの銃が届けられた。女の部屋用の銀製の水差しと洗面器も届けられた。複雑な模様のダマスク織りのカーテンも届いた。ある朝は、濃い顎ひげとポンチョの目立つ、陰気な男が険しい山から馬で降りてきた。その名はウルピアノ・スアレス。アセベド・バンデイラの**カパンガ**、つまり用心棒だった。ひどく口数が少なく、ブラジル訛りもひどかった。その遠慮深さを敵意の、軽蔑の、あるいは単なる愚鈍のせいにすべきかどうか、オタロラは迷った。ただ、密かに企んでいることを思えば、この男の好意を得ておかねばならないことは分かっていた。

次いでオタロラの運命に影を落とすのが、鼻面やたてがみ、尾や脚先などの黒い、一頭の栗毛の馬であった。アセベド・バンデイラが南から連れてきたもので、銀の飾り付きの鞍やジャガーの皮の縁取りの鞍下などが目を引いた。この豪勢な馬こそ首領の権力の象徴であり、それゆえ若い男は自分のものにしたいと願ったのだ。彼はまた、あの艶やかな髪の女を意地にでも物にするぞと思った。女と馬具と栗毛の馬は、彼が抹殺したいと考える男をいわば表象し付随するものであった。

この辺りで物語は複雑になり、深刻にもなる。アセベド・バンデイラは徐々にひとを怖気づかせる策や、本音とも冗談ともつかない物言いで、おもむろに相手を屈服させる術に長けていた。オタロラはそうした曖昧なやりくちを、自分の企んでいる難しい仕事にも使うことに決めた。時間を掛けて、アセベド・バンデイラの後釜に座ろうと決めた。危険な作業を共にすることで、スアレスと親しくなった。企んでいることを打ち明けると、スアレスは助力を約束してくれた。それから色んなことがあったのだが、私はほんの二、三のことしか知らない。オタロラはバンデイラに従わなくなった。命令されたことをわざと忘れたり、変えたりした。それに逆らったりした。何もかもが彼の陰謀に加担し、事を急がせているように思われた。ある日の正午、タクアレンボーの平原でリオ・グランデ・ド・スルの連中と撃ち合いになった。オタロラはバンデイラの地位を奪い、ウルグアイ勢を指揮した。一発の弾で肩口を撃ち抜かれたが、その日の夕方、オタロラはボスの栗毛の馬に乗ってエル・ススピロに帰還した。その日の夕方、数滴の血によってジャガーの革を汚し、その日の夜、艶やかな髪の女と共寝をした。こうした出来事の順序が違っていたり、ただ一日のうちに起こったわけではないとする説もある。

　しかし名目上は、バンデイラがボスであることに変わりはなく、実行されない命令を下している。ベンハミン・オタロラはバンデイラには手出ししなかった。それはこれまでどおりのことでもあったし、また、憐れとも思ったからだ。

　物語の最後のシーンは一八九四年の最後の夜の騒ぎである。その夜、エル・ススピロの男たちは殺したばかりの牛の肉を食らい、剣呑な酒をあおっていた。ある男が下手なギターでミロンガをきりもなく弾いていた。テーブルの上座に座ったオタロラは酔って、興奮の上に興奮を、狂喜の上に狂喜を積み上げていた。この眩暈《めまい》を誘うほどの高い塔は、あらがい難い、彼の運命の象徴であった。バンデイラは喚き立てる連中に囲まれながら、騒然とした夜が更けていくのを黙って見ていた。十二時の鐘が鳴ると、用事でも思い出したように立ち上がった。立ち上がって、女の部屋のドアを軽くノックした。女はすぐにドアを開けた、ノックを待っていたように。しどけない格好で、しかも裸足で出てきた。いやに優しいねちねちした声で、ボスはこう命令した。「お前とこのポルテニョは心底、惚れ合ってるようだな。今ここで、みんなの前でキスをして見せろ」

さらに彼は残酷な状況を用意した。女が抵抗するのに、二人の男がその腕を摑んで、オタロラのうえに投げ出したのだ。涙に掻きくれながら、女は彼の顔と胸にキスをした。ウルピアノ・スアレスはすでに拳銃を構えていた。死を前にしてオタロラは、初めから瞞されていたこと、あらかじめ死を告げられていたこと、愛と権力と勝利を与えられたのも、すでに死人とみなされていたからであり、バンデイラにとっては、すでに死人であるからだということを悟った。

スアレスは、あざわらうかのような表情で、引き金をひいた。

神学者たち

庭園を荒らし、聖杯と祭壇を汚したあと、フン族は修道院の書庫に馬を乗り入れて、理解のできない書物を破り、呪い、焼いた。鉄の半月刀という彼らの神に対する冒瀆を文字が秘めていることを、たぶん恐れたのだろう。重ね書き羊皮紙《パリンプセスト》や写本なども焚かれたが、その炎の中心の灰の下で、『**神の国**』の第十二巻はおおよそ無傷で残された。この書の述べるところによれば、プラトンはアテーナイで、幾世紀をへたのち、万物は旧態に復し、彼もまたアテーナイで、おなじ聴衆を前に、ふたたびこの教義を伝授するであろう、と説いた。炎を免かれたテクストはことのほか尊重され、かの遠隔の地でそれを読んだ者たち、繰り返して読んだ者たちは、著者がその教説を明らかにしたのは、もっぱらより十分に反論するためであったことを忘れる結果になった。一世紀をへて、アクイレイアの司教補のアウレリアヌスは、ダニューブ川の沿岸で、新興の宗派である**モノトノス派**(**円環派**《アヌラレス》とも呼ばれるもの)が、歴史は円環であり、何物もかつて存在しなかったことはなく、今後も存在しないことはないであろう、と説いている事実を知った。山岳地方では〈車輪〉と〈蛇〉がすでに〈十字架〉に取って代わっていた。すべての者が不安を抱いていたが、しかしそのすべての者が、神の第七の属性を扱った論文で名を挙げたヨハネス・デ・パンノイアがかの忌むべき邪説を論判するだろう、という流説を聞いて安堵した。

アウレリアヌスはそれらの噂を、とくに最後の噂を耳にして嘆息した。神学の分野で身の危険を伴わない新説などありえないことを、よく心得ていたからである。彼はその後、円環的な時間という命題はあまりにも奇異、あまりにも意想外のものなので、危険はさして大きくないと思い直した(われわれが恐れるべき異端とは、正統と紛らわしいものにほかならない)。それよりも彼の気に障ったのは、ヨハネス・デ・パンノイアの介入——闖入か——であった。二年前のことだがこの男は、いかにも饒舌な『神の第七の属性、或いは永遠について』によって、アウレリアヌスの専門領域の事柄に手出しをした。それが今度は、時間の問題は己れのものであるかのように、おそらくプロクルステス的な論法を用い、〈蛇〉より手ごわい万能薬《テリアカ》を使って、円環派の考えを正そうとしたわけで……。その夜、アウレリアヌスは神託の停止についてのプルタルコスの古い対話篇に目を通した。そしてその第二十九節で、無限の太陽、月、アポロ、ディアナ、ポセイドーンの存在する、世界の無限の循環を擁護するストア派への揶揄を読み取った。この発見は好ましい未来を約束するものと思われた。彼はヨハネス・デ・パンノイアの先を越して、〈車輪〉を奉じる異端の徒たちを論破しようと決意した。

女のことを忘れるために、女のことをそれ以上考えないために、女の愛を求める者がいる。同様にアウレリアヌスは、ヨハネス・デ・パンノイアを超えることを望んだが、それもこれもみな、この者に抱いた怨念から逃れるためであり、この者を傷つけるためではなかった。もっぱら仕事に励むことで、**nego**（否定する）や**autem**（しかし）や**neguacum**（断じて…ない）などの語を重ねることで気が鎮まり、あの怨念を忘れることができた。挿入句という邪魔のやたら入った、長ながしい、ほとんど解きほぐし難い文章――その粗雑と誤用は相手への侮蔑の印と思われた――を綴った。語呂の悪さをも一つの武器にした。ヨハネスが預言的な重々しさで円環派を非難することを予見し、ヨハネスとおなじことにならぬよう、愚弄という手を選んだ。アウグスティヌスは、イエスこそは不信の徒がさまよう円環の迷路からわれわれを救う直路である、とすでに書いている。アウレリアヌスは細部にこだわって、不信の徒をイクシオンに、プロメテウスの肝臓に、シーシュポスに、二つの太陽を見たあのテーバイの王に、吃音に、オウムに、鏡に、木霊に、揚水機に繫がれたラバに、二角帽の学者の三段論法になぞらえた。(異教の寓話は意匠に堕しながら生き延びていた)。蔵書の持ち主のすべてと同様に、アウレリアヌスはそれを読み尽くしていないことに疚《やま》しさを感じていたが、この論争のおかげで、彼の怠慢を責めているかのような多数の書物に義理を果たしえた。こうして彼は、オリゲネスの著作である『原理論《デ・プリンキピイス》』の一節とキケロの『アカデメイア前書《アカデミカ・プリオラ》』の一節とを組み入れることもできた。『原理論』においては、イスカリオテのユダがまたもや主を売り、パウロがまたもやエルサレムでステパノスの殉教に立ち会うことが否定されている。また『アカデメイア前書』においては、キケロとルクルスとの対話の間に、無数の他のルクルスと他のキケロたちが、無数の似かよった世界で、正確におなじことを話していると夢想する者たちを、キケロが嘲笑しているのだ。付言すればアウレリアヌスは、モノトノス派に対してプルタルコスの文章を突きつけ、彼らにとっての神の言葉以上に、偶像崇拝者にとっては自然の光が重要であるとする考えの不埒さを非難したのだった。この労作にアウレリアヌスは九日を要した。十日目には、ヨハネス・デ・パンノイアによる反論の写しが届けられた。

それは人を愚弄するように短いものだった。アウレリアヌスはそれを冷やかな眼で見たが、やがて不安を感じた。最初の一節は「ヘブル人への手紙」第九章の末尾の章句――イエスは世界の始まりから何度もではなく、世の終わりの今、ただ一度、犠牲にされた、とここには書かれている――の注解にほかならなかった。次の一節は、異邦人らの虚しい反復(「マタイ伝」第六章第七節)についての聖書の戒めと、広大な宇宙にも二つとおなじ顔は無いと考えるプリニウスの第七書のあの文章とを引用していた。ヨハネス・デ・パンノイアは、二つのおなじ魂もまた存在しないし、もっとも卑しい罪びともイエス・キリストが罪びとゆえに流した血とおなじように貴い、と述べていた。一個人の行為は(と彼は断言した)同心円の九天より重く、それがいったん消えても蘇るなどと夢想するのは軽率としか言いようがない。時間もわれわれが失ったものを回復しえない。永遠がそれを保存するのは天上の栄光のため、また地獄の業火のためである。その論攷の内容は明晰かつ普遍的であって、具体的な個人によってではなく、不特定の人間、あるいはすべての人間によって書かれたもののように思われた。

アウレリアヌスは肉体的と言ってよい屈辱を覚えた。自分自身の労作の破棄もしくは改稿を考えたが、その後、相手憎しの気持ちに正直に、一字の修正もせずにローマに差し出した。数か月を経てペルガモン宗教会議が招集された折に、モノトノス派の誤謬を論難する役目を委ねられた神学者は(予見されたように)ヨハネス・デ・パンノイアだった。その学識にあふれ慎重を極めた反論は、異端の開祖たるエウフォルブスが火刑に処せられるのに十分だった。これは、かつて生じた。いずれまた生じるであろう、とエウフォルブスは言った。お前たちは薪の山に火を付けたのではない。炎の迷宮に火を付けたのだ。かつて私が焼かれた炎のいっさいがここに集められるならば、地上に収まり切らず、天使らも盲目となるだろう。これは私が幾度となく言ってきたことだ。この直後、彼は悲鳴を上げた。火焔がその身に達したからである。

〈車輪〉は〈十字架〉[*1]の前に屈したが、アウレリアヌスとヨハネスは密かに戦いを続けた。二人はおなじ軍団で戦った。おなじ勲功を望み、おなじ〈敵〉に立ち向かった。口には出せないがアウレリアヌスは、ヨハネスを凌ぐつもりの無いような言葉は一語も書かなかった。彼の戦いは目に見えないものだった。筆者が膨大な図書目録に欺かれていなければの話だが、ミーニュの『教父全集』に収められたアウレリアヌスの多数の著作のなかでも、その相手の名前は一度も現われない。(ヨハネスの著述のうちで残っているのは、二十語のみである)。二人はコンスタンティノープルの第二回宗教会議の破門を非難した。二人は、〈子〉の永遠の発生を否定するアリウス派を追及した。二人は、大地はヘブライ人の幕屋のように四角であると説く、コスマスの『キリスト教地誌』の正統性を証明した。不運なことに、その大地の四隅で別の異端が嵐のごとく吹き荒れた。エジプトかアジアかで生まれた(というのは証言がまちまちで、ボスエはハルナックの考えを認めようとしないから)異端は東方の諸地方に蔓延して、マケドニアやカルタゴ、トレヴェリスなどに至聖所を建立させた。異端は至るところに及んだと見えた。ブリタニアの司教区では十字架が逆さにされたとか、ケサレアでは主の像に鏡が代わったとか噂された。鏡とオボロ銀貨が新たな離教者らの象徴となった。

歴史上、彼らは多くの名前(鏡派《エスペクラレス》、深淵派《アビスマレス》、カイン派《カイニタス》)で知られているが、すべてのなかで、もっとも広く認められたのが道化派《ヒストリオネス》で、これはアウレリアヌスが与えたものを、この派が大胆にも受け入れたものである。フリュギアでは、またダルダニアでは、彼らは偶像派《シムラクロス》と呼ばれていた。ダマスクスのヨハネは彼らを形象派《フォルマス》と呼んだが、その一節がエルフィヨルドによって否認されたことは知っておくべきである。彼らの異様な習俗を驚嘆を込めて記述していない異端研究者はいない。道化派の多くが禁欲主義を奉じ

＊1　ルーン文字の十字形では、二つの敵対する象徴が絡まり合い、同居している。

た。ある者はオリゲネスのように手足を断った。他の者たちは地下の水道に住みついた。さらに他の者たちは自分の眼をくり抜いた。また他の者たち（ニトリアのネブカドネザルの一派）は「牛のごとく草を食《は》み、髪は鷲のごとく伸び放題であった」。多くの場合、苦行と厳格さは犯罪に通じていた。ある社会は盗みに寛大だった。別の社会は殺人に、さらに別の社会は男色や近親相姦や獣姦に寛大だった。すべてが瀆聖的であった。〈神〉を呪うだけでなく、彼ら自身の万神殿《パンテオン》の怪しげな神々をも呪った。さまざまな聖なる書を編み、その散佚を学者どもは嘆いた。一六五八年、サー・トマス・ブラウンは「時は、野望にみちた**道化派**の福音書を消滅させたが、彼らの〈不敬〉を責める〈嘲罵〉を消滅させはしなかった」。エルフィヨルドは（あるギリシア語の写本が保存している）あの〈嘲罵〉こそが散佚した福音であると示唆したが、道化派の宇宙観を知らなければ、そのことは理解できない。

錬金術の本には、下に在るものは上に在るものと同一であり、上に在るものは下に在るものと同一である、と書かれている。『ゾハール』には、上方の世界は下方の世界の反映である、と書かれている。道化派はこのような観念の曲解のうえに教義を立ち上げた。彼らは地が天に影響することを証明するために「マタイ伝」第六章十二節（「我《われ》らに負債《おいめ》ある者を我らの免《ゆる》したる如《ごと》く、我らの負債をも免し給え」）と第十一章十二節（「天国は烈《はげ》しく攻めらる」）を、そしてわれわれの見るものの一切が偽りであることを証明するために「コリント前書」第十三章十二節（「今われらは鏡をもて見るごとく見るところ朧《おぼろ》なり」）を引用した。おそらくモノトノス派に毒されてだろう、すべての人間は二人の人間であると、そして真の人間は別のもの、天上に在るものである、と想像した。同様に、われわれの行為はいわば逆しまの影を伴っている、したがってわれわれが起きていれば、別の者が眠り、われわれが姦淫すれば、別の者が貞潔を守り、われわれが窃盗を働けば、別の者が慈善を行う、と想像した。死後に、われわれはその者と合体し、その者となる。（そうした教義のなにがしかの名残りがブロアのうちに見られる）。他の道化派の者たちは、その可能性の数が尽きた時、世界は終末を迎えるだろう、と考えた。反復がありえないのだから、義の人も、およそ卑しい行為が未来を汚すことのないように、またイエスの王国の到来を早めるために、その種の行為を消す（行う）べきだ。この個条は、世界の歴史は各人によって成就されるべきだと主張する、別の宗派の者たちによって拒否された。ピュタゴラスのように、大半の者は、自己の解放に先立って多くの肉体に転生しなければならないだろう。ある者たち、プロテウス派は、「一度の生のうちに獅子となり、竜となり、猪となり、水となり、樹となる」。デモステネスは、オルフェウス派の秘儀を授かる者が忍ばねばならない、泥による浄化について語っている。似たようなことだが、プロテウス派は悪による浄化を求めた。カルポクラテスにならって、最後のオボロ銀貨を払うまでは誰も牢獄から出られないだろうと考え(「ルカ伝」第十二章第五十九節)、別の、以下のような短句によって悔悟者たちを欺くのが常だった。「わが来《きた》るは羊に生命《いのち》を得しめ、かつ豊かに得しめん為《ため》なり」(「ヨハネ伝」第十章第十節)。彼らはまた、悪人でないと思うのは悪魔の唆しによる思いあがりである、と説いた……道化派は多種多様な神話を編み出していった。ある者たちは禁欲を、他の者たちは放縦を説きながら、そろってそのあいだの曖昧さを認めた。ベレニケの道化派に属するテオポンポはあらゆる寓話を否定して、すべての人間は神が世界を認識するために送り出した器官である、と述べた。

アウレリアヌスの司教区に潜む異端者らは、時間は反復を許容しないと断言する徒輩に属して、すべての行為は天上に反映すると主張する徒輩に属していなかった。この状況は奇妙なものだった。ローマの本部宛ての報告書の一つで、アウレリアヌスもその点に触れている。報告書を受け取ったと思われる聖職者は、皇妃の聴罪師だった。この難しい職務が思弁的な神学に耽る個人的な楽しみを彼から奪っていたことを、知らない者はいなかった。彼の秘書――かつてはヨハネス・デ・パンノイアの協力者だったが、今はその仇敵である――は極めて厳しい異端審問官として名を知られていた。アウレリアヌスは、ゲヌアとアクイレイアの秘密会議で取り上げられたような、道化派の異端に関する記述を付け加えた。彼は数節を書いたが、二つのおなじような瞬間は存在しないという、恐るべき命題についてと述べようとしたとたんに、鵞ペンが動かなくなった。適切な表現形式を思いつかなかったのだ。新奇な教義の勧め（「人間の眼が見なかったものを見たいのか？　月を見よ。耳が聞かなかったものを聞きたいのか？　鳥の声を聞け。手が触れなかったものに触れたいのか？　地に触れよ。嘘いつわり無く言おう、神は世界を創造しようとしておられる」）は、ここで引き写すにはあまりにも気取った、陰喩まみれのものだった。突然、二十語からなる文章が頭に浮かんだ。彼は喜んでそれを書き取ったが、その直後に、それが他人のものではないかという疑念に襲われた。翌日になって、ヨハネス・デ・パンノイアが物した『円環に逆らって《アドウェルスス・アンヌラリス》』のなかで何年も前に読んだものであることを思い出した。引用の個所を確認した。不安に悩まされることになった。その字句を変えたり削ったりすれば、表現の力を殺《そ》ぐことになる。手を加えなければ、憎悪する相手のものを剽窃することになる。典拠を示せば、剽窃の事実を明らかにすることになる。彼は神助にすがった。薄暮の迫るころ、守護天使がいわば中間的な解決策を教えてくれた。アウレリアヌスはその言葉をまる写しした。ただし以下のような前書を添えることを忘れなかった。「当今、異端の教祖らが信仰の乱れを意図して声高に唱えていることは、すでに今世紀において、ある極めて博学な人物が過失よりむしろ軽率さから語ったことである」。やがて恐れていたことが、期待していたことが、避けえないことが生じた。アウレリアヌスは、その人物が何者であるかを公表せざるをえなくなった。ヨハネス・デ・パンノイアは、異端の説を奉じる罪で訴追された。

四か月を経たころ、アヴェンティノの一人の鍛冶屋が道化派の邪説に惑わされ、まだ幼い息子の両の肩に大きな鉄球を載せて、その分身を追い出そうとした。子供は亡くなった。この犯罪によって生まれた恐怖は、ヨハネスを裁く者たちに非の打ちどころのない厳正さを押し付ける結果になった。ヨハネスは転向を拒んだ。自説を否定することはモノトノス派の邪説を奉じることである、と繰り返した。モノトノス派について語ることとは即、すでに忘却されたものについて語ることであることを、ヨハネスは理解できなかった(もしくは理解しようとしなかった)。老いの一徹めくが、過去の論争のなかの美辞麗句を盛んに引用した。判事らはかつて魅了されたものに耳を貸そうともしなかった。ヨハネスは、道化派の教義が残したごく小さな染みを洗い流す代わりに、告発の対象とされている命題はまさしく正統的なものであることも、懸命に立証しようとした。己れの運命がその判決にかかっている男たちを相手に議論して、才気をひけらかし皮肉をやたら交えるという、途方もない過ちを犯した。三日三晩に及んだ討議ののち、十月の二十六日、彼は焚刑を申し渡された。

アウレリアヌスも処刑に立ち会った。そうしなければ、己れの罪を告白することになるからだった。処刑場はある丘で、その緑ゆたかな頂上には一本の丸太が地中深く打ち込まれ、大量の薪の束が周りに積まれていた。役人が裁判所の判決文を読み上げた。十二時の太陽のもとで、ヨハネス・デ・パンノイアは地面に伏して獣めいた呻き声を上げていた。地面にしがみついた彼を、刑吏らは引き剝がし、裸にし、最後に杭に縛りつけた。硫黄をまぶした藁の冠を頭にかぶせ、鼻持ちならない『円環に逆らって』を脇に置いた。前の晩に雨が降ったせいで、薪の燃えかたが悪かった。ヨハネス・デ・パンノイアはギリシア語で、さらに訳の分からない言葉で祈った。彼が炎に包まれようとした時、アウレリアヌスは思い切って視線を上げた。火の手が一瞬止まった。最初で最後だったが、アウレリアヌスは憎むべき相手の顔を見た。ある人間の顔を思い出させられたが、何者であるかまでは分からなかった。直後に、ヨハネスは炎の向こうに消えた。直後に悲鳴を上げた。燃えさかる火が絶叫したかのようだった。

プルタルコスの語ったところでは、ユリウス・カエサルはポンペイウスの死に涙した。アウレリアヌスはヨハネスの死に涙こそしなかったが、すでにその生の一部となっていた、不治の病が癒えた者が感じると思われるものを感じた。アクイレイアで、エフェソスで、マケドニアで日々を送った。帝国の苦難の多い辺境に、足を取られがちな湿地に、瞑想に誘われる砂漠に進んで赴いて、孤独の助けをえながら己れの運命を理解しようとした。マウレタニアの僧房で、獅子も徘徊する夜、ヨハネス・デ・パンノイアに対する複雑な告発の一件について再考し、もう何度目か分からなかったが、あの判決はやはり正しかったと思った。自分の手の込んだ告発を正当化するほうが遥かに困難だった。ルサディルでは「神に見捨てられし者の肉体に点された光のなかの光」という時代錯誤的な説教を行った。ヒベルニアでは、森に囲まれた僧院内の小屋の一つで、ある晩、それも明け方近く、雨の音に驚かされた。そうした微かな音をやはり聞いた、ローマの一夜を思い出した。正午に雷で森が焼け、アウレリアヌスはヨハネスとおなじ死に方をすることができた。

この物語の結末は暗喩でしか語りえない。時間が存在しない天国で生じるからだ。アウレリアヌスは神と語ったが、このお方は宗教上の相違にはほとんど関心がないので、彼をヨハネス・デ・パンノイアと取り違えられた、とおそらく言っていいだろう。しかしながら、これは神の意識の乱れを暗示しかねない。計りがたい神にとっては彼とヨハネス・デ・パンノイア(正統派の者と異端者、憎む者と憎まれる者、告発者と犠牲者)はただ一人の存在であることを、アウレリアヌスは楽園において悟ったと言うほうが正確である。

戦士と囚われの女の物語

クローチェは著書の『詩学』(バリ、一九四二)の二七八ページで、歴史家のパブロ助祭によるラテン語文を要約して、ドゥロクトゥルフトの運命を語り、その墓碑銘を引用している。私はこのいずれにも深い感動を覚えたが、やがてその理由が分かった。ドゥロクトゥルフトはロンゴバルド族の戦士だったが、ラヴェンナの攻囲戦で自軍を捨て、それまで攻撃していた都市の防御に当たり、落命した。ラヴェンナの市民らはさる寺院に彼を埋葬し、謝意を込めた墓碑銘(「愛すべき父祖を軽んじて、彼はわれらを愛す《コンテンプシット・カロス、ドゥム・ノス・アマト・イレ、パレンテス》」)を物し、この蛮人の恐ろしげな風貌と素朴や善良さとのあいだに見られる、奇妙な対照について書き記した。

見ると恐ろしい顔ながら、心は優しく、《テリブリス・ウィス・ファキエス・メンテ・ベニグヌス》
長い髯が逞しい胸まで垂れていた。《ロンガケ・ロブスト・ペクトレス・バルバ・フィット》*1

ローマを守って亡くなった蛮人、ドゥロクトゥルフトの運命の物語はかくのとおり、つまりパブロ助祭が遺しえたドゥロクトゥルフトの物語の断片はかくのとおりである。それがいつの時代のことなのか、ロンゴバルド族がイタリア各地の平原を劫掠《こうりゃく》した六世紀中葉のことなのか、ラヴェンナの開城以前の八世紀のことなのか、私は知らない。仮に前者であるとしよう(これは歴史の作物《さくぶつ》ではない)。

まず永遠の相のもとに《スブ・スペキエ・アエテルニタティス》ドゥロクトゥルフトを想像してみよう。(すべての個人がそうだが)唯一の不可解な存在だった個人としてのドゥロクトゥルフトではなくて、忘却と記憶の作物である伝説が彼および彼とおなじ多数の他の人間から合成した類型であるけれど。森や沼ばかりの陰気な土地で戦いに明け暮れるうちに、彼はダニューブ川やエルベ川の沿岸からイタリアまで来ていたが、自分がもっぱら南を目指していることはおそらく知らなかったし、ローマという名に戦いを挑んでいることもおそらく知らなかった。〈子〉の栄光は〈父〉の栄光の余映であると主張する、アリウス派の教義をおそらく奉じていたが、彼が心から崇めていたのは、その布で隠した偶像が牛に引かれる車で小屋から小屋へと運ばれた大地神ヘルタであったと、あるいはまた、手織りの服にくるまれ、銅貨や腕輪で飾り立てられた稚拙な木像にほかならぬ、いくさといかずちの神々であったと考えるほうが適切だろう。彼は、猪とオーロックスの出没する深い森からやって来た。肌が白く、精気にあふれ、無垢であり、残酷であり、余人にはともかく隊長と部族の者たちには忠実だった。戦場を転々するうちにラヴェンナにやって来た彼は、そこで、かつて見たことのないもの、あるいはまともに見たことのないものを見た。陽光と糸杉と大理石を見た。多様だが無秩序ではない全体というものを見た。彫像、寺院、庭園、居室、階段、壺、柱頭、整然とした広い空間から成る、都市というものを見た。そうした構築物のいずれもが(私の知るかぎり)その美しさで彼の感動を誘ったのではない。用途は不明であるが、そのデザインに不朽の知性と言うべきものが認められる、複雑な機器がわれわれの心を揺さぶるように、彼を感動させたのだ。永遠のローマの文字による不可解な碑銘入りの一個のアーチを見るだけで、おそらく足りたのではないか。そのいわば啓示は、〈都市〉はにわかに彼を眩惑し、彼を再生させる。そこで彼は犬に、あるいは小児になるが、その理解のための緒さえ摑めないことを知った。同時にまた、都市は彼の神々より、誓いを立てた信仰より、ドイツの沼沢のすべてより価値のあることを知っ

＊1〔六三ページ〕　ギボンも『ローマ帝国衰亡史』第四十五章でこの詩を転写している。

た。ドゥロクトゥルフトは味方を捨ててラヴェンナのために戦った。その死後、彼には理解できない言葉が墓に刻まれた。

　　愛すべき父祖を軽んじて、彼はわれらを愛す、《コンテンプシット・カロス、ドゥム・ノス・アマト・イレ、パレンテス》
　　ここラヴェンナを已れの祖国と見なして。《ハンク・パトリアム・レプタンス・エッセ、ラヴェンナ・スアム》

彼は背信の徒ではなかった（背信の徒らが敬虔な墓碑銘を生むことはおおむね無い）。彼は天啓を受けた者であり、改宗者だった。数世代を経るうちに、この離反者を非難したロンゴバルド族自身が彼とおなじ道を辿った。イタリア人に、ロンバルディア人になり、どうやらその血を引く者――アルディゲル――がアリギエーリを生んだ一族を生んだと考えられる……ドゥロクトゥルフトの行動については多くの推測が可能である。私の推測はきわめて単純なものだ。事実としてはともかく、象徴としては正しいだろう。
クローチェの書物でこの戦士の話を読んだとき、私は異常なほど感動させられた。かつて已れのものであった何かを、形こそ違うが取り戻したような印象を抱いた。支那を果てしない牧草地にしたいと願いながら、やがて、その破壊を強く望んだ都市で老いていった蒙古の騎馬の男たちを、私はふと思ったが、しかしこれは、私の求める記憶ではなかった。ようやく思い当たったのは、すでに亡くなったがイギリス系の祖母から、いつか聞かされた話だった。

一八七二年、私の祖父のボルヘスはブエノスアイレス北部および西部、サンタフェ南部の国境守備の任に当たっていた。司令部の所在はフニンだった。それを越えたところに四、五レグアの距離を置いて小堡塁がつらなり、さらにそれを越えたところに、当時は〈パンパ〉と、また〈奥地〉と呼ばれるものが存在した。ある時、祖母は驚嘆と自嘲の入りまじった口調で、この最果ての地に流れ着いたイギリス女という運命について語った。そうした女はあなたひとりではないと祖母に言う者があり、それから数か月後、指差すその先に目をやると、インディオの若い女がゆっくりと広場を横切っていた。二枚の赤いポンチョを身にまとい、裸足で歩いていた。二つに分けた髪はブロンドだった。ある兵隊が彼女に、別のイギリス婦人が話をしたがっていると告げた。彼女は同意した。怯える様子もなく――まったく無警戒というわけにはいかないが――司令部に入っていった。赤銅色の顔はどぎつい色で塗りたくられ、眼はイギリス人がグレイと呼ぶ、あの淡い青だった。身のこなしは鹿のように軽かった。手は逞しくて骨張っていた。荒野の向こうの〈奥地〉からやって来たのだが、扉や壁や家具など、すべてが彼女には小さすぎた。

一瞬のことながら、二人の女は姉妹のような気持ちを味わったにちがいない。共に愛する島から遠く離れて、あるとは思いもしなかった土地に身を置いたからだ。私の祖母は質問めいたものを口にした。相手はあれこれ言葉を探し、まるで懐かしい味わいに驚いているように何度も繰り返しながら、たどたどしく答えた。母語を口にしなくなって十五年ほど経つので、思い出すことさえ容易でなかったのだ。その話によれば、ヨークシャーの生まれだが、両親がブエノスアイレスに移住、インディオらの襲撃でその両親を失うと同時に、彼女自身は拉致されて、いまは非常に勇敢な酋長の妻におさまり、その間に二人の子供がいるということだった。アラウコ語とパンパ語を交えたお粗末な英語で以上のことを語ったのだが、その背後に野蛮な暮らしぶりを垣間見ることもできた。馬の革のテント、糞による焚き火、焼いた肉か生の内臓の出る祝宴、夜明けの密やかな出発、家畜囲いへの襲撃、鬨《とき》の声と略奪、戦い、騎馬の裸の男たちによる家畜の大群の追い立て、一夫多妻制、悪臭、呪術。イギリス婦人がそうした野蛮な生活に身を落としていたのだ。驚きと憐れみに駆られて、祖母はインディオのもとへ帰らぬよう若い女に勧めた。保護を約束し、子供たちを救い出すことも誓った。相手は自分は幸福であると答え、その晩、平原に戻っていった。フランシスコ・ボルヘスはその直後、七四年の革命で亡くなった。その時、おそらく私の祖母は、やはりこの苛酷な大陸によってさらわれ、生きざまを変えられたあの別の女のうちに、自分の運命を映す恐ろしい鏡を見たはずである……。

毎年のように、金髪のインディオの女はフニンやフエルテ・ラバージェの角店《かどみせ》に現われて日用品や〈嗜好品《ビシオス》〉を買い込んでいたが、祖母と話し合ったときからぴたりと姿を見せなくなった。しかし二人はもう一度顔を合わせる。祖母が狩りに出掛けた折のことだ。湿原にほど近い一軒の小屋で、男が羊の頭を切り落としていた。まるで夢のなかの出来事のように、あのインディオの女が馬で通りかかった。女は地べたに這いつくばり、温かい血をすすった。そうするしかないから、あるいは挑戦と確認の印として、そうしたのかどうかは私にも分からない。

千三百年と海とが、拉致された女の運命とドゥロクトゥルフトの運を隔てている。今では二人とも不帰の客となった。ラヴェンナの大義に同じた蛮人の姿と荒野を選んだヨーロッパ生まれの女人の姿は、対立的なものと思われるかもしれない。しかし二人はある秘められた衝動に、理性より遥かに深い衝動に突き動かされたのだ。二人は説明のしようのないその衝動に従ったのだ。私が述べてきた二つの物語は、おそらくただ一つの物語なのだろう。この銅貨の表と裏は、神にとっては同一のものなのだ。

ウルリーケ・フォン・キュールマンに

タデオ・イシドロ・クルスの生涯(一八二九―一八七四)

私は探し求めている、世界の造られる前に持っていた顔を。

イェイツ「螺旋階段」

一八二九年の二月六日、ラバージェに追い立てられ、ロペスの部隊に合流するために南進していた遊撃隊員《モントネロ》らは、ペルガミノから三、四レグア離れた、名前も知らない牧場で休止した。夜明けごろ、隊員たちの一人がしつこい悪夢に苦しめられた。小屋《ガルポン》の闇のなかで、隊員と寝ていた女は訳の分からぬ叫び声で目を覚ました。どんな夢を見たのかは誰も知らない。次の日の四時には、遊撃隊員らはスアレスの騎兵隊に蹴ちらされたのだ。追撃は九レグア先の夕闇迫る湿地まで続き、例の隊員は、ペルーとブラジルの戦場でも用いられたサーベルで脳天を割られ、溝のなかで死んだ。女はイシドラ・クルスといい、産んだ子供はタデオ・イシドロと名づけられた。

私の目的は、ここで彼の物語を繰り返すことではない。それを織りなす昼と夜のうち、私が興味を抱いているのは一夜のみである。その他については、この一夜を理解するのに欠かせない事柄しか語らないつもりだ。波乱の一生はある有名な書物に明記されている。つまり、ほとんど尽きることのない反復、敷衍、歪曲が可能であるのだから、その主題はすべての人にとってすべてである(「コリント前書」第九章第二十二節)ような書物に明記されている。タデオ・イシドロ・クルスの生涯を論じた者の数は多いが、彼らはそろって平原がその生い立ちに及ぼした影響を強調している。しかし、彼とおなじ牧夫たちがパラナ川沿いの密林やウルグアイの山地で生まれ、死んでいったのだ。確かに、彼も単調で野蛮な世界に生きた。一八七四年に悪性の天然痘で亡くなったときにはまだ、山も、ガス灯も、風車も見ていなかった。都会というものを見たことがなかった。一八四九年、フランシスコ・ハビエル・アセベドの牧場の牛の群れを追ってブエノスアイレスに向かった。牛追いたちは財布を空にするために街に出かけた。用心深いクルスは、家畜の囲い場の一画にある宿屋から離れなかった。ろくに口を利かず、土間で眠った。マテ茶をすすった。夜明けに起き出して夕べの鐘とともに引き籠もるという毎日を送った。都会が自分とは無縁のものであることを(言葉を、いや分別を超えたところで)悟った。雇い人たちの一人が酒に酔って、クルスをからかった。彼は相手にしなかった。ところが帰りの旅の夜、焚き火を囲んでいるさいに、例の雇い人がしつこく彼にからんだ。こんどは(それまで怒るどころか嫌がりもしなかった)クルスがナイフを抜き、一刺しで相手を倒した。彼はその場から逃れ、湿地に身を潜めた。数日後の夜、チャハー鳥の鳴き声で警官たちに包囲されたことを知った。草の茎に当ててナイフの切れ味を確かめた。馬なしの闘いの邪魔にならないように、拍車をはずした。降伏するより闘うほうを選んだのだ。前腕と、肩と、左手に負傷した。警官隊でもとくに威勢のいい連中が深手を負った。指のあいだを流れる血を見て、さらに大胆に闘った。夜明け近く、出血のために朦朧《もうろう》となったところで武器を取り上げられた。当時、軍隊は刑務所の機能を果たしていた。クルスは北部国境の小堡塁に送られた。兵卒として各地の内戦に加わった。生まれ故郷の州に味方して、時には敵対して戦った。一八五六年一月二十三日のカルドソ湿原では、エウセビオ曹長の指揮のもと、二百人のインディオと戦った三十人のキリスト教徒のなかにいた。その戦闘で槍傷を負った。

クルスのいかがわしく荒っぽい一生には多くの空白がある。私たちの知るかぎり、彼は一八六八年ごろふたたびペルガミノにいた。結婚もしくは同棲の結果として男子を授かり、猫の額ほどの土地を持っていた。一八六九年に地方警察の巡査部長に任命された。過去とは縁が切れていた。当時は自分を幸せな人間と思っていたにちがいない。深い意味では、けっしてそうではなかったのだが。(肝心な、啓示的な夜は未来に身を潜めて、彼をひたすら待っていた。彼がついに自分自身の顔を見る夜は。彼がついに自分自身の名前を聴く夜は。よくよく考えれば、その夜は彼の生涯を要約するものである。さらに言えば、その夜の一瞬、その夜の一つの行為がである。行為はすべて私たちを象徴するものだから)。およそ人間の運命は、いかに長く複雑なものであっても、実際には**わずかに一瞬から**、人間が自分は何者であるかを永遠に知る瞬間から成る。語り伝えによれば、マケドニアのアレクサンドロスはアキレウスの神話のなかに、そしてスウェーデンのカルル十二世はアレクサンドロスの物語のなかに、自分たちの鉄のごとき未来の反映を見出したという。目に一丁字《いっていじ》もないタデオ・イシドロ・クルスには、そうした知識は書物を通して明らかになったわけではない。ある騒ぎとある人間のうちに自分を見出したのだ。その経緯は以下のとおりである。

クルスは一八七〇年六月の下旬、二件の殺人で司直に追われている、一人の無法者を逮捕せよという命令を受け取った。この無法者は、実は、南部国境でベニート・マチャード大佐に指揮された部隊の脱走兵だった。酔っ払って売春宿で黒人を殺害。やはり酔っ払って、ロハス郡でも住民の一人の命を奪った。手配書に書き添えられていたが、彼はラグーナ・コロラダの出身だった。四十年前、この土地に集結した遊撃兵らは武運つたなく破れ、死体は鳥や犬どもの餌食となった。その怒りの声が聞こえないように太鼓の打ち鳴らされるなか、ビクトリア広場で処刑されたマヌエル・メサも、そこの出身だった。クルスを産ませた当人だが、ペルーとブラジルの戦闘で使われたサーベルによって脳天を割られ、溝のなかで死んだ見知らぬ男も、そこの出身だった。クルスはその地名を忘れていたが、思い当たって微かな、説明のつかない不安を覚えた……。犯人は警官たちに追われ、果てしない迷路を描くように馬で逃げ回った。しかし七月十日、警官たちに追い詰められた。ある湿地に身を潜めていたのだ。闇でほとんど先が見えなかった。クルスと部下たちは用心深く、徒歩で、風に揺れる草むらを目指した。その奥で犯人が密かに待ち伏せている、あるいは眠っているはずだった。チャハー鳥が鳴いた。タデオ・イシドロ・クルスは、かつてその瞬間を生きたという印象を受けた。警官たちと闘うために、犯人が隠れていた場所から出てきた。クルスはその姿を見て、ぞっとした。長く伸びた髪と半白の顎ひげで、顔はほとんど覆われていた。ある明白な動機から、私は戦闘の様子を語ることはしない。脱走兵がクルスの部下の数名を殺傷したと言えば足りるだろう。クルスは暗闇で闘いながら(暗闇で体を闘わせながら)ようやく悟った。ある運命が別のものよりましということはないが、しかしすべての人間は内に秘めた運命を大切にすべきだと悟った。肩章や軍服はもはや邪魔であると悟った。群れを作る犬ではなく一匹狼であることが、ほかならぬ自分の運命だと悟った。相手の男はつまり自分なのだと悟った。果てしない平原の夜が明けようとしていた。クルスは軍帽を地面に投げ捨てた。勇者を殺すという犯罪を赦すわけにはいかない、と大きな声で言った。脱走兵のマルティン・フィエロとともに、警官たちと闘い始めた。

エンマ・ツンツ

一九二二年の一月十四日、タルバッハ・イ・レーヴェンタール紡織の工場から帰ったエンマ・ツンツは、玄関ホールの奥で一通の手紙を見つけた。発信地がブラジルであるその手紙によって、エンマは父の死亡を知った。最初見たときは、切手や封筒に気を取られたが、すぐに、見覚えのない文字であることを知り不安になった。九行か十行の走り書きが便箋をほとんど埋めていた。エンマが読んだところでは、マイエル氏が誤って大量のヴェロナールを服用し、バジェ病院で死亡したということだった。父親の下宿仲間が通知に署名していたが、リオ・グランデ出身の、フェインとかファインとかいうこの男は、その受取人が故人の娘になるとは知るよしもなかった。

エンマの指先から便箋がこぼれた。まず感じたのは、下腹と膝のあたりの妙な具合だった。それから、訳の分からぬ罪の意識、非現実感、寒気、不安などだった。そしてまた、早く明日が来ればよいという願望だった。しかしすぐに、そんなことを願っても無駄である、なぜならば父親の死は、この世で一度しか起こらぬ出来事であり、いったん起これば終わる時はないと悟ったからだ。エンマは便箋を拾い上げて部屋に入った。便箋をそっと引き出しの奥にしまった。これから先起こることを何となく予感しているように。ぼんやりとであるが分かっていたのだ、おそらく。エンマは、すでに未来のエンマだった。

濃くなっていく闇のなか、その日の終わるころまで、エンマはマヌエル・マイエルの自死を嘆いて泣いた。彼は、幸せだった昔はエマヌエル・ツンツを名乗っていた。エンマはグアレグアイ近郊の農場での避暑を思い出した。母親を思い出した(思い出そうと努めた)。ラヌスの競売に付された小さな家を思い出した。窓の菱形の黄色いガラスを思い出した。拘留状と屈辱感を思い出した。「出納係の横領」に関する新聞記事を挿んだ匿名の手紙を思い出した。父親が最後の晩に、金を盗んだのはレーヴェンタールであると誓ったことを思い出した(このことは決して忘れたことはなかったのだが)。レーヴェンタール、アーロン・レーヴェンタールは、以前は工場長だったが現在は経営者である。エンマは一九一六年から秘密を守ってきた。誰にも、親友のエルサ・ウルスタインにも打ち明けたことはなかった。おそらく、一笑に付されるのを避けたのだ。おそらく、その秘密が自分と故人をつなぐ絆であると信じたのだ。彼女がそれを知っていることをレーヴェンタールは知らなかった。エンマはこのささやかな事実に力づけられていた。

　その夜は一睡もしなかった。朝の光が四角い窓を浮かび上がらせるころには、計画はすっかり出来ていた。果てしなく続くと思われたその日、エンマは努めて普段のように振る舞った。工場ではストライキの噂が流れていた。例によって、エンマは一切の暴力に反対であるという立場を明らかにした。六時の終業後、エルサを誘って、ジムとスイミングプールのある女性専用のクラブに赴いた。入会の手続きを済ませたが、名前と苗字を繰り返したり綴りを言ったりしなければならなかった。身体検査の結果をどうこう言う、下品な冗談も笑って受け流さなければならなかった。エルサやクロンフス家の末娘と、日曜日の午後にどの映画館に行くか話し合った。その後、恋人の話になったが、エンマが口をはさむとは誰も考えなかった。エンマは四月で十九になるのだが、いまだに男には病的と言ってよい恐怖を覚えて……帰宅して、タピオカと野菜のスープを作った。早めに夕食を済ませてベッドに潜り、無理に眠った。こうして前日の十五日金曜日は慌《あわただ》しく、さしたることもなく過ぎた。

　土曜日、エンマは焦りから早く目が覚めた。それは焦りであって不安ではなかった。

ついにこの日が来たという妙な安心感。もはや策略や想像を巡らす必要はなかった。数時間後には、事実というものの持つ単純明快さに直面するだろう。エンマはラ・プレンサ紙で、その晩、マルメから入港した北極星《ノルドストイエルナン》号が三番埠頭から出航するという記事を読んだ。レーヴェンタールに電話をして、他の同僚には内緒だが、ストライキの件で伝えたいことがあると告げ、暗くなったら事務室に向かうと約束した。声が震えていた。この震えは密告者にふさわしいものだった。その朝、他にこれといったことは起こらなかった。エンマは十二時まで仕事をし、エルサやペルラ・クロンフスと日曜日の外出の細かい打ち合わせをした。昼食のあとベッドに横になり、眼を閉じて、あらかじめ考えた計画を練りなおした。最後の一歩は最初のそれに比べれば恐ろしくないだろうと思った。おそらく、勝利と正義の感覚を与えてくれるだろうと思ったが、突然、不安に駆られてはね起き、たんすに駆け寄った。引き出しを開けた。前の晩に隠したのだが、ミルトン・シルスの肖像の下にファインの手紙はあった。誰にも見られていないはずだ。エンマは手紙を読み返してから小さく裂いて捨てた。

　その日の午後の出来事を多少とも現実的なかたちで語るのは困難であり、おそらく不適切だろう。呪わしい事柄に伴う属性の一つが非現実性であり、その属性こそがそれに伴う恐怖を和らげる、いやおそらく、いっそう募らせるのだろう。手を下した当人がおよそ信じなかった行為を、真実らしく見せかける手段があるだろうか？　今となってはエンマの記憶そのものが否認したり混同したりするあのつかのまの混沌を、いかに蘇らせるのか？　エンマはアルマグロのリニエルス街に住んでいた。当日の午後、彼女が港に行ったことは分かっている。おそらくあの嫌悪すべきフリオ街で、多くの鏡に姿を映され、ライトによって照らされ、もの欲しげな眼で裸にされた。しかし最初は、無関心な人びとの注意を引くこともなくアーケードの下をうろついていた、と考えるほうが理に適っている……。エンマは二、三軒のバーに入り、他の女たちの生態というか遣りくちを観察した。やがて北極星号の船員たちに出会うことができた。非常に若い者もいたが、好きになったりすると困るので、どうやら自分より背が低く、がさつな感じの男を選んだ。恐怖の純粋さが汚されないように。男は彼女をあるドアの前に、次いで怪しげなホールに、さらに曲がりくねった階段に、さらに控えの間(ここにはラヌスの我が家のそれにそっくりな菱形装飾の窓があった)に、さらに廊下に、さらにドアの前に導き、後ろ手に閉めた。重大な出来事は時間の外にある。理由は、そのなかでは直前の過去は未来から切り離されているか、出来事を形づくる部分が一貫性があるとも思えないか、のいずれかだ。

時間の外にあるあの時間のなかで、いやらしく脈絡の欠けた感覚のあの紛乱のなかで、エンマは、一度でも、この犠牲の動機となった死者のことを考えただろうか？　筆者の見るところ、彼女は一度だけ考え、その瞬間に自分の命がけの計画を台無しにするところだった。いま自分がされているいやらしいことを、かつて父が母にしたのだと考えた（考えざるをえなかった）のである。そう考えて軽い驚きを感じたが、すぐに眩暈《めまい》のなかに逃げ込んだ。スウェーデン人かフィンランド人である男はスペイン語を話せなかった。エンマが男にとって道具であったように、男もエンマにとって道具であった。しかし彼女は快楽に、男は正義に奉仕したのだった。

一人になっても、エンマはすぐには目を開けなかった。ナイトテーブルの上に、男が置いていったお金があった。エンマは上体を起こし、前に手紙にしたようにお札を破った。お札を破ることは、パンを捨てるのと同じように不敬な行為である。破ったとたんに、エンマは後悔した。思い上がり。しかもこの日は……。恐怖はその肉体の惨めさのなかに、嫌悪感のなかに消えた。嫌悪感と惨めさに押しひしがれながら、エンマはゆっくりと起き上がり、服を着はじめた。もはや室内に明るい色は見られなかった。夕闇が濃くなりつつあった。誰にも気づかれずに、エンマは外に出ることができた。街角で、西に向かうラクロセ線の電車に乗った。計画に従って、顔を見られないように一番前の座席を選んだ。おそらく、表通りの単調な往来のなかで、さっき起こったことが周りのものに何の影も落としていないことを知って、安堵したのにちがいない。さびれて陰気な場末の街々を通り抜けていった。それらを目にしながらすぐに忘れてしまった。バルネス街の角の一つで下車した。矛盾しているが、疲労がむしろ力となった。危険な行動の細部に意識を集中させ、その背景や目的には目をつぶらせることになったからだ。

アーロン・レーヴェンタールは皆にまじめな男と思われていたが、少数の友人のあいだでは吝嗇漢《りんしょくかん》で通っていた。工場の上の階で、独りで暮らしていた。殺風景な場末に住んでいるわけで、泥棒にやられるのを恐れていた。工場の中庭には大きな犬がいた。知らない者はいなかったが、デスクの引き出しには拳銃が隠されていた。先年、その妻――結構な持参金付きで迎えた、ガウス一族の女！――の思いがけない死に際会して殊勝らしく涙を流したが、彼が真実愛していたのは金だった。その金を稼ぐことより貯めることに向いた自分を意識して、密かに恥じていた。非常に信心深かった。祈禱や礼拝と引きかえに善行を積む義務を免ずる、秘密の契約で神と結ばれていると信じ切っていた。喪服に黒眼鏡、ブロンドの顎ひげという禿頭の巨大漢は窓ぎわに立って、ツンツという女子従業員による密告を待っていた。

従業員が門扉《もんぴ》(彼がわざと細めに開けておいたもの)を押して中へ入り、薄暗い中庭を渡るのが目に入った。つながれた犬に吠えられて、少し遠回りするのが目に入った。エンマの唇は、小さな声で祈る者のそれのように、小刻みに動いていた。疲れながらも、レーヴェンタール氏が死の直前に聞く宣告を繰り返していた。

事はエンマ・ツンツが予測したようには運ばなかった。前日の朝から、拳銃の狙いをぴたりと定め、卑劣な男に卑劣な罪を告白させ、〈神の正義〉が人間の正義に打ち勝つことを可能にする大胆な計画を述べ立てる自分を、何度も空想していた。(恐怖からではなく、自分が〈正義〉の道具であるという理由から、彼女は罰せられることを望まなかった)。やがて、胸板の真んなかを貫く一発の弾がレーヴェンタールの運命に終止符を打つにちがいない。しかし、事はそんなぐあいに運ばなかった。

アーロン・レーヴェンタールを前にしたエンマは、父の仇を討つという願いよりも、そのために忍ばざるをえなかった、屈辱の責めを負わせるという願いを強く感じたのだった。あの細心な屈辱的行為のあった後では、彼を殺さないわけにいかなかった。芝居がかった所作にかまけている時間もまた無かった。おずおずと椅子に座ったエンマは、レーヴェンタールにお詫びを言い、（密告者として）秘密の厳守を求めたうえで、少数の名前を口にし、さらに何名かのそれをほのめかしてから、にわかに不安に襲われたように口をつぐんだ。これが功を奏して、レーヴェンタールはコップの水を取りに部屋を出ていった。この男が彼女のおおげさな態度を怪しみながらも大目に見て、食堂から戻ってきた時には、すでにエンマは引き出しから重い拳銃を取り出していた。二度、引き金を引いた。轟音と硝煙でなぎ倒されたように、男の巨体がくずおれ、水の入ったコップが割れた。驚愕と怒気の入り混じった顔で、男はエンマを見詰めた。そしてその顔に開いた口で、スペイン語とイディッシュ語による罵声を浴びせかけた。悪罵にやむ気配が見えないので、エンマはもう一度撃たなければならなかった。中庭で突然、鎖につながれた犬が吠えだした。みだりがわしい唇から急に溢れでた血が顎ひげと服を汚した。エンマはあらかじめ用意した告発の文言を唱え始めた（「わたしは父の復讐を果したのですから、罰せられることはないでしょう……」）。しかし、それを唱え終わることはなかった。レーヴェンタール氏はすでに絶命していたからだ。彼が納得することができたかどうか、それはエンマにも分からなかった。

激しい吠え声によって、エンマはまだ休んではいられないことを教えられた。長椅子のうえを掻き乱し、死体の上着のボタンをはずし、血で汚れた眼鏡を取ってファイル・キャビネットの上に置いた。そのあと電話を取り上げて、そっくりそのまま、あるいは他の言葉を交えて、今後いく度となく繰り返すことになる文句を繰り返した。「信じられないことが起こりました……レーヴェンタールさんはストライキを口実に、わたしを呼びつけました……わたしは暴行され、殺しました……」

正直なところ、信じがたい話であったが、おおむね事実に基づいたものなので皆が納得した。エンマ・ツンツの口調は真実味にあふれ、恥じらいは真実のものであり、憎しみは真実のものであった。彼女が受けた辱めも同様に真実のものであり、ただ、状況が、時間が、一つか二つの固有名詞だけが嘘であった。

アステリオーンの家

そして王妃は男子を産み、これはアステリオーンと名づけられた。
アポロドーロス『ギリシア神話』Ⅲ・Ⅰ

わたしの傲慢さ、おそらく人間嫌い、いやおそらく狂気を非難する者たちのいることは、当人がよく心得ている。その種の非難(然るべき時にわたしが処罰する対象となるもの)は嗤うべきものである。わたしがわが家の外に出ないのは真実であるが、その扉(それの数は無限である)[*1]は昼夜を問わず人間に、また動物に開かれていることも真実である。望む者は入ればよい。女らしい華やかさ、宮殿によくある奇抜な荘重さはここに見られないが、静寂と孤独は見られるだろう。同様に、地上に二つとない家が見られる

＊1　原典には**十四**とあるが、アステリオーンが口にしたのであれば、この数形容詞は**無限**を意味すると考える十分な理由がある。

だろう。(これに似た家がエジプトに存在すると公言する連中がいるが、これは嘘である)。わたしを悪く言う者たちでさえ、家のなかに家具ひとつ見当らないことを認めている。別の愚かしい噂に、このわたし、アステリオーンは囚われの身であるというのがある。閉ざされた扉はひとつも無いと繰り返さねばならないのだろうか。錠前など無いと言い添えなければならないのか。さらに言えば、わたしはある日の午後、前の通りに出たことがあるのだ。夜になる前に戻ったがその理由は、しもじもの顔、広げた手のひらのように青白くてのっぺりした顔に抱いた恐怖であった。すでに日は沈んでいたけれど、子供の弱々しい泣き声と群衆のいい加減な祈りの声は、わたしの正体が連中には分かっていることを告げていた。彼らは祈り、逃げまどい、ひれ伏した。ある者たちは〈戦斧《ラス・アチャス》〉の神殿の基壇によじ登り、他の者たちは小石を拾い集めた。わたしの確信するところでは、ある男は海中に身を潜めた。わたしの母が王妃であるというのは無意味なことではない。慎ましさがそう望んだとしても、わたしは俗衆に立ち交じるわけにはいかなかった。

事実、わたしは唯一無二の存在である。ある人間が別の人間たちに伝えられるものは、わたしの関心を引かない。哲学者のように、わたしは書記という技術によっては何事も伝えられないと考える。偉大なものを容れるだけのわたしの精神には、煩わしい小事の入り込む余地はない。ある文字と別の文字の相違など、わたしは一度として気にしたことがない。けっこう気短なので、読み方を習おうという気にならなかった。時折それを悔やむことがある。夜と昼が長いので。

もちろん、わたしにも気晴らしが無いわけではない。突っかかっていく山羊のように、わたしは石の回廊を駆けてゆき、気分が悪くなって床に倒れる。隠れんぼうのつもりで、天水溜《あまみず》めの陰に、あるいは廊下の曲がり角にうずくまったりする。平屋根があれば身を投げて、血まみれになったりする。二六時中、閉じた眼と荒い息遣いによって眠ったふりを装うこともある。（時折、実際に眠ってしまう。また時折、眼を開けると空の色が変わっている）。しかし多くの遊びのなかの一番のお気に入りは、別のアステリオーンを演じることである。彼が訪ねてきて、わたしが家のなかを案内する、という想定である。深ぶかと頭を下げて、わたしは言う。**先ほどの十字路に、いま戻りました**。あるいは、**これから別の中庭に入ります**。あるいは、**わたしの言ったとおり、水路はお気に召しますよ**。あるいは、**砂で埋まった天水溜めを、これからお目に掛けます**。あるいは、**地下室が枝分かれしていくさまを、じっくり見ていただきます**。時たまわたしが言い間違え、二人で大笑いする。

わたしはそうした遊びを思いつくだけでなく、家についても空想を巡らせた。家のすべての部分は何度も反復され、どの場所も別の場所である。一つの天水溜め、一つの中庭、一つの水飲み場、一つの飼い葉桶というものは存在しない。飼い葉桶、水飲み場、中庭、天水溜めは十四ある(無限にある)。家は世界の大きさを持つ。すなわち、それは世界である。しかし、一つの天水溜めのある中庭と埃の積もった灰色の石の回廊を駆け抜けた果てに、やっと表に出られた。〈戦　斧《ラス・アチャス》〉の神殿と海も見た。そのことを悟ったのは、ある夜の幻覚によって神殿も海も十四である(無限である)ことを教えられたときであったが。一切が何度も、十四回も存在するが、世界にただ一度だけ存在すると思われるものが二つある。上にある、複雑きわまりない太陽と、下にいる、アステリオーン。おそらく、わたしが星々と太陽と大きな家を造ったのだが、もはやその記憶もない。

九年ごとに九人の男がこの家に入ってくる。わたしによって一切の悪から解き放たれるためである。石の回廊の奥で彼らの足音、あるいは彼らの声を聞きつけると、わたしは大喜びで駆けだす。彼らを探す。儀式は数分しか続かない。わたしがこの手を血で汚すまでもなく、彼らは次々に倒れていく。彼らは倒れたところに取り残され、死骸は一つの回廊を他のものと識別する役に立つ。彼らが何者なのか、わたしは知らない。しかし、そのうちの一人が死のまぎわに、いずれわたしの救い主が現われるだろう、と予言したことは覚えている。その時から、わたしは孤独も苦にならない。救い主がこの世に生きていて、いずれ塵土《じんど》のうえに立ち上がることを知っているから。わたしの耳が世界のすべての音を捕えられるとすれば、わたしは、救い主の足音を聞き取ることができるだろう。回廊も少なく、扉も少ない場所へ、このわたしを連れ出してもらえたら！　わたしの救い主はどういう存在なのか、とわたしは自問する。雄牛、それとも人間だろうか？　ひょっとして、人間の顔をした雄牛なのだろうか？　それとも、わたしに似ているのだろうか？

朝の太陽が青銅の剣にきらめいた。もはや一点の血痕すらそこに残っていなかった。

「信じられるだろうか、アリアドネ？」とテセウスは言った。「ミノタウロスは、ほとんど逆らわなかった」

マルタ・モスケラ・イーストマンに

もう一つの死

二年ほど前のこと、ガノンがグアレグアイチューから手紙をよこして（その手紙は失くしてしまった）、ラルフ・ウォルド・エマソンの詩篇「過去」のおそらく最初のスペイン語訳を送ると言い、さらに追伸で、私も微かに記憶しているドン・ペドロ・ダミアンが先日の夜、肺充血で亡くなったと教えてくれた。この男は熱に浮かされた夢のなかで、マソジェルの血なまぐさい戦いを再度経験したらしい。ドン・ペドロは十九歳か二十歳という年齢でアパリシオ・サラビアの指揮下で戦ったのだから、その報せも予想された、ごくありきたりのことのように、私には思われた。一九〇四年の革命は、リオ・ネグロかパイサンドゥーの牧場で人夫として働いていた、ペドロ・ダミアンをその渦中に巻き込んだ。彼はエントレリオス州グアレグアイの出身だったが、おなじように威勢がよく、おなじように物を知らない仲間の赴くところには、自分も赴いた。ある小競り合いと最後の戦闘に加わった。一九〇五年に帰郷して牧場の仕事に戻り、辛抱強く、慎ましく暮らした。私の知るかぎり、二度と国を出なかった。最後の三十年間は、ニャンカイから一レグアか二レグア離れた、いかにも侘しい牧場の小屋で過ごした。そういう孤独な生活を送っている彼と、私はある日の午後、話をしたのだ(私はある日の午後、話をしようと努めたのだ)。一九四二年ごろのことである。彼は口数が少なく、無教養な人間だった。マソジェルの叫喚が彼の生涯のすべてだった。死に際して彼がそれをふたたび生きたとしても、私はべつに驚きも……。もはや会うこともないと知って、私は彼のことをあれこれ思い出そうとした。記憶に残った彼の姿は、ガノンが撮った写真のそれだけだった。写真はそれこそ何度も見たが、当人に会ったのは一九四二年の初めに一度きりであることを思えば、不思議でも何でもない。写真を送ってよこしたのはガノンだ。失くしてしまったが、探そうとも思わない。見つかりでもすれば、かえって気味が悪いだろう。

二つめの出来事は数か月後、モンテビデオで生じた。エントレリオス生まれの男の高熱と苦悶がマソジェルの敗北を扱った幻想的な物語を私に思いつかせたのだ。エミル・ロドリゲス・モネガルに筋書きを話して聞かせると、その戦いに加わったディオニシオ・タバレス大佐宛ての簡単な紹介状を書いてくれた。大佐は夕食後に私に会ってくれた。中庭に出された揺り椅子のうえで、大佐はとりとめなく昔の出来事を思い出した、懐かしげに。到着しなかった弾薬、疲れ果てた軍馬、眠りこけながら迷路を描くように進む土まみれの兵隊、モンテビデオに入城できたはずなのに「ガウチョが都会を嫌うせいで」迂回したサラビア、うなじまで首を斬られた兵隊、二つの軍の衝突というよりは無法者の夢と私には思われた内乱、などなどについて語った。イジェスカス、トゥパンバエー、マソジェルについて語った。間然するところがない語り口、生き生きとした口調からみて、大佐がおなじ話を何度となくしてきたのが分かった。その言葉の背後には、個人的な思い出はおよそ残っていないのではないか、と恐れた。相手が一息ついたところで、私は辛うじてダミアンという名前を挿しはさんだ。

「ダミアン？　ペドロ・ダミアン？」と大佐は言った。「そいつは私の隊にいた。インディオ風のちびで、若い連中はダイマンと呼んでいたな」。けたたましい声で笑い出したが、突然、嘘か本当か気まずそうに黙ってしまった。

大佐は口調を改めて、女とおなじで、戦場で男たちは自分を試される、実戦に加わるまでは自分が何ほどの者であるか分からない、と言った。自分を臆病であると思っている者が勇敢であったり、その逆の場合もある。あの哀れなダミアンの場合がこれで、白リボンをひけらかしながら酒場をあちこちしていたくせに、マソジェルではとんと意気地が無かった。ウルグアイの正規兵《スマコス》相手のちょっとした銃撃戦では男らしく振る舞ったが、本隊が遭遇し、砲撃が始まり、それぞれが五千の兵が寄ってたかって自分を殺そうとしていると思ったときには、様子が変わった。哀れな混血の男よ。それまで羊に水浴びなどさせていたのに、突然、ああした反乱の場に引き込まれて。

妙なことだが、タバレスの話を聞いて私は恥ずかしくなった。事実がそんなものではなかったことを、きっと私は望んでいたのだ。もう何年も前のある日の午後、ちらと見たダミアン老人を材料にして、私はそれと知らずに、偶像めいたものをでっち上げていた。タバレスの話はそれを破壊したのだ。私は突然、ダミアンのよそよそしさと頑固なまでの孤独の意味するものを悟った。それらのゆえんは謙虚さではなく、羞恥心であった。卑怯な行為を苦にしている人間のほうが、ただ威勢のいい人間よりは複雑であり、興味も引く、と私は繰り返したが無駄だった。あのガウチョのマルティン・フィエロよりもロード・ジムやラズモフのほうが記憶に残る、とも考えた。その通りだ、しかしダミアンはガウチョとして、マルティン・フィエロであらねばならなかった――とりわけウルグアイのガウチョの前では。タバレスが口にしたことと口にしなかったことのなかに、私はアルティガス主義と呼ばれていたものの土臭さを感じた。ウルグアイはわが国より素朴であり、したがって粗野であるという（おそらく論ずるまでもない）意識である……。記憶によればその夜、私たちはよすぎるほど愛想よく別れの挨拶を交わした。

冬になってからだが、私の考える幻想譚（その形式がまた容易に決まらなかった）に、まだ一つか二つの細部が不足していたので、私はふたたびタバレス大佐の家を訪れた。大佐はある年配の紳士と一緒だった。パイサンドゥー出身のファン・フランシスコ・アマーロ博士というのがその人で、やはりサラビアの革命に参加したことがあった。予想どおり、マソジェルのことが話題に上った。アマーロはいくつかのエピソードについて語ったあと、独り言でもするように、のんびりした口調で付け加えた。

「われわれはサンタ・イレーネで夜を明かした。私の記憶ではそうだ。何人かの者が合流した。その一人がフランス人の獣医だったが、戦闘の始まる前夜に急死した。もう一人はエントレリオス出身の若い剪毛職人で、ペドロ・ダミアンという名前だった」

私は無遠慮に口を挟んで言った。

「ええ、知っています。射ち合いが始まったとたんに蒼くなった、あのアルゼンチンの男でしょう」

私はそこまでで口を閉じた。二人は当惑したように私を見た。

「いや、あなたは思い違いをしている」と、ようやくアマーロが言った。「ペドロ・ダミアンの死にざまは、まことに男らしいものだった。たしか午後四時ごろだ。赤軍の歩兵隊は丘のうえに陣地を築いていて、わが軍はそこを目指して突進した、槍を構えて。ダミアンは喊声《かんせい》を上げながら先頭を切っていたが、一発の銃弾に胸板を貫かれた。ダミアンは馬上で仁王立ちになった。喊声も止んだ。地面に転がり落ちて、馬たちの脚に蹴散らかされた。息絶えていた、その彼の上を、マソジェルの最後の攻撃は乗り越えるようにして行われた。あれは実に勇敢な男だった。まだ二十歳にもなっていなかっただろう」

疑いもなく、彼が語っているのは別のダミアンであったが、私は気になることがあって、この混血の男が何を叫んでいたのか訊いた。

「下品な言葉だよ」と大佐が言った。「突撃する時によく叫ぶやつだ」

「おそらくそうだ」とアマーロが言った。「しかし同時に叫んでいた、ウルキサ万歳！と」

われわれは一様に沈黙した。やがて大佐が呟くように言った。

「マソジェルではなくて、カガンチャかインディア・ムエルタでの話のようだな。百年も前になるか」

いかにも当惑しているように、付け加えて、

「その隊を指揮していたのは私だが、誓ってもいい、ダミアンの名前を耳にするのは初めてだ」

われわれは思い出してもらおうと努めたが駄目だった。

この忘失で私が感じさせられた驚きは、ブエノスアイレスで繰り返された。英書専門のミッチェル書店の地階で、十一巻のエマソン全集を前にして楽しんでいたある日の午後、パトリシオ・ガノンと顔を合わせたのだ。「過去」の翻訳のことを彼に尋ねた。彼は、そんなことは考えていない、スペイン文学だけでも手を焼いている、エマソンの出番はない、と言った。あの翻訳を約束した手紙で、ダミアンの死を報せてきたことを、私は彼に思い出させようとした。彼は、ダミアンとは何者かと訊き返した。説明したが無駄だった。話を聞きながら妙な顔をしているのに気づいて、私も何となく怖くなった。不幸なポーより複雑で、技巧的で、疑いもなく独自性に富んだ、エマソンの批判者たちに関する文学的論議に逃げ場を求めた。

さらにいくつかの事実を記録しておかねばならない。四月にディオニシオ・タバレス大佐の手紙を受け取った。この人ももはや迷わなかった。マソジェルの戦いで先陣を承わり、その晩のうちに仲間によって丘の麓に埋葬された、エントレリオス出身の男のことをはっきり思い出したのだった。七月に私はグアレグアイチューに立ち寄った。ダミアンの小屋を突き止められなかった。彼のことを覚えている者はいなかった。彼の死に立ち会ったという牧場の管理人ディエゴ・アバロアに話を聞こうと思ったが、この男も冬になる前に亡くなっていた。数か月後のことだがアルバムをめくっていて、私が思い出すことのできた陰気な顔が、実は、オテロ役で有名なテノール歌手のタンベルリックのそれであることを知った。

以下は私の臆測である。最も簡単であるが同時に最も不満足なそれは、二人のダミアンの存在を仮定するものだ。一九四六年ごろエントレリオスで死んだ臆病者と、一九〇四年にマソジェルで死んだ勇敢な男。この臆測の欠陥は、タバレス大佐の記憶の奇妙なぶれや、帰郷した男の顔や名前まであっという間に消し去った忘却という、真の謎を解き明かせないことである。(私自身が前者を夢想していたという、より単純な臆測を私は受け入れない、あるいは受け入れたくはない)。より奇妙なのは、ウルリーケ・フォン・ケールマンが考えた超自然的な臆測である。ウルリーケの言うには、ペドロ・ダミアンは戦死したが、死に際に、エントレリオスに戻していただきたいと神に乞うた、神は一瞬ためらったのち、その恩寵をお与えになられたが、それを乞うた者はすでに死んでおり、何人かの者が彼の倒れるのをその眼で見ていた。過去はともかく、過去のイメージを変えることの可能な神は、死のイメージを喪神《そうしん》のそれに変え、エントレリオス出身の男の影がその故郷に帰ったのだ。帰ったが、影であるというその条件を、われわれは記憶しておかねばならない。彼は妻を、友人を持たず、孤独な一生を送った。遠方から、ガラスの裏側から、すべてを愛し、すべてを所有した。〈彼は死んだ〉。そして彼のおぼろなイメージは消えた、水が水中に消えるように。この臆測は誤っているが、同時により単純で、より大胆な真実のそれ(今日の私が真実と信じているもの)を暗示してくれたものに相違ない。ほとんど魔術に似たかたちで、私はそれをペトルス・ダミアーニの論稿「全能について」のなかに見出したが、その研究へと私を導いたのは、まさに自己同一性の問題を提起している『天国篇』第二十一歌の二行の詩句だった。ペトルス・ダミアーニはあの論稿の第五章で、アリストテレスに反対して、またフレデガリウス・デ・トゥールに反対して、神はかつて存在したものを存在しなかったようにする力がある、と主張している。私はそうした古くからの神学論争を読んで、ドン・ペドロ・ダミアンの悲劇的な一生を理解し始めたのである。

私は以下のように推測する。ダミアンはマソジェルの戦場では卑怯者として振る舞い、その恥ずべき怯懦《きょうだ》を償うために生涯を捧げた。エントレリオスに帰った。いかなる者にも手を上げず、何者にもナイフの傷《マルカ》をつけなかったし、豪胆な男という評判も求めなかったが、しかしニャンカイの平原で雑草や牛と戦うことで鍛え上げられた。おそらくそれと知らずに、奇跡の準備をしていたのだ。彼は心のうちで考えていた。運命がもう一度戦いの場に戻してくれたら、相応の働きをしてみせるぞ、と。彼は四十年にわたり、淡い期待を抱きながら待ち続けた。そして運命はついにその死に際して彼にそれを許したのだ。妄想というかたちで許したのだが、すでにギリシア人らは、われわれが夢の影であることを心得ていたのである。苦悶のうちに再度、彼は戦いを生き、男らしく振る舞い、総攻撃の先頭に立ち、一発の銃弾によって胸板を貫かれた。こうして一九四六年、ペドロ・ダミアンは長い受難の果てに、一九〇四年の冬と春にかけて生じたマソジェルの敗北で戦死したのである。

『神学大全』でも、神はすでに起こったことを無になしえるとは言っていないが、因果の複雑な網目にもまったく触れていない。それはあまりにも広く、あまりにも密なので、たとえどんなに些細なものであっても、遠い過去の「唯一の」事実さえ撤回することはできないのだ、現在を失効させることなしには。過去を修正することは、ただ一つの事実を修正することではない。無限のものになるはずの、その結果を消去することである。換言すれば、二つの宇宙の歴史を創造することである。(言うなれば)第一の歴史では、ペドロ・ダミアンは一九四六年にエントレリオスで、第二の歴史では、一九〇四年にマソジェルで亡くなった。後者こそ今われわれの生きているものであるが、しかし前者の抹殺は即時に行われたわけではなかったので、私がここまで語ってきた齟齬が生じたのだ。ディオニシオ・タバレス大佐の場合には、いくつかの異なる段階が経験された。まず初めに、ダミアンが卑怯者として振る舞ったことを思い出した。次いで、その事実を完全に忘れた。次いで、その壮絶な死を思い出した。管理人のアバロアの場合も主張を裏付けるという点では劣らない。この男は、と私は理解する、ドン・ペドロ・ダミアンの記憶が過剰であったがために死んだのだ。

私自身について言えば、同じような危険に陥ることはないと理解している。一般の人間には近づきがたい過程を、一種の理性の惑乱と言うべきものを、私はここまで推測し記録してきた。しかし、この恐るべき特権はいくつかの状況によって軽減されている。さしあたり私には、つねに真実を書いてきたという自信はない。私の物語は偽りの記憶を含んでいる、と私自身は考えている。(仮に存在したとしての話だが)ペドロ・ダミアンはペドロ・ダミアンという名前ではなかった、と考えている。私がその名前で彼を記憶しているのは、彼の物語がペトルス・ダミアーニの推論に暗示を受けたと、いつの日か私が信じるためだ、と考えている。それと似たようなことは、私が最初のパラグラフで触れた、過去の不可逆性を謳っている詩についても起こっている。一九五一年ごろの私は、幻想的な短篇を思いついたと信じて、現実的な事柄を記録し終えているだろう。無心のウェルギリウスは、二千年もの昔になるが、一人の男の誕生を告知すると信じながら、神のそれを予言した。

哀れなダミアン！　死は彼を二十代に、知られざる惨めな戦いに、内輪もめに引き戻したが、しかしおかげで彼は、心から願っていたものを手に入れたのだ。それを我がものにするには長い時間を要したが、おそらくこれに優る仕合わせはないだろう。

ドイツ鎮魂曲

彼われを殺すとも我は彼により依頼《よりたの》まん。

「ヨブ記」第十三章第十五節

私の名前はオットー・ディートリヒ・ツア・リンデである。先祖の一人のクリストフ・ツア・リンデは、ゾルンドルフの勝利を決した騎兵隊の突撃で戦死した。母方の曾祖父のウルリヒ・フォルケルは、一八七〇年も押し詰まったころ、マルシュノワールの森でフランス側の狙撃兵に撃たれて死んだ。父のディートリヒ・ツア・リンデ大尉は一九一四年のナムール包囲戦と、二年後のドナウ川渡河で殊勲を挙げた。*1 私自身について言えば、拷問と殺人の罪で銃殺される予定である。法廷の審理は厳正であった。私は最初から有罪を認めた。明日、収容所の時計が九時を打った時には、もはや私は死の世界にいるだろう。私が先祖に思いを馳せるのは当然である。私はすでにその影の近くにいるのだから。ある意味では、私は彼らなのだから。

（幸い長時間ではなかった）裁判では、私は発言しなかった。あの際の自己弁護は判決を狂わせ、卑怯な行為と思われただろう。今は事情が違う。処刑に先立つ今夜ならば、何も恐れずに語ることができる。私に罪はないのだから、私は赦されることを願いはしないが、理解されたいとは思っている。私の話を聞くことのできる者たちは、ドイツの歴史と未来の世界の歴史を理解できるはずだ。私のようなケースも今は例外的で驚くべきものであるが、遠からずありふれたものになるに違いない。私は明日死ぬだろう。しかし私は未来の世代を象徴する存在なのだ。

私は一九〇八年にマリエンブルクで生まれた。今ではほとんど忘れられたが二つの情熱のおかげで、私は勇気をもって、仕合わせさえ感じながら長い不幸な日々を耐えることができた。音楽と形而上学。恩人たちをすべて挙げるわけにはいかないが、何としても省けない名前が二つある。ブラームスという名前とショーペンハウアーというそれだ。私はまた詩にも親しんだ。そうした名前にさらに一つ、ゲルマン系の巨大な名前であるウィリアム・シェイクスピアを付け加えたい。以前は神学に関心があったが、この空想的な学問から（そしてキリスト教の信仰から）ショーペンハウアーはその直截的な論証によって、またシェイクスピアとブラームスはその世界の無限の多様性によって、私を永久に遠ざけることになった。これらの仕合わせな人々の作品のある個所を前にして足を止め、驚嘆し、愛と感謝に打ち震える者は、同様に私も、この呪わしい私も、足を止めたのだということを知ってもらいたい。

一九二七年ごろ、ニーチェとシュペングラーが私の人生に入り込んできた。十八世紀のある作家は、誰もが同時代人に負い目を持ちたがらない、と述べている。重くのしかかって来ると予感される影響から逃れるために、私は「シュペングラー批判《アブレヒヌング・ミット・シュペングラー》」と題した論文を物して、そのなかで、著者のシュペングラーがファウスト的と呼んでいる特質のもっとも顕著な記念碑的作品は、ゲーテ[*1]の雑然とした戯曲ではなく、二十世紀も前に書かれた詩篇、『物の本性について《デ・レルム・ナトゥラ》』であると述べた。ただし、私はこの歴史哲学者の

＊1（一〇五ページ）　語り手のもっとも高名な先祖、神学者でヘブライ学者のヨハンネス・フォルケル（一七九九―一八四六）の名前の脱落は意味深長である。この者はヘーゲルの弁証法をキリスト論に適用した。また、経典外のいくつかの逐語訳はヘングステンベルクの非難とティロやゲセミヌスの賞賛の的となった。（編者注）

誠意には、彼の根本的にドイツ流《ケルンドイチュ》の、軍人風の精神には然るべき敬意を表した。一九二九年、私は〈党〉に入った。

修業時代についてはあまり語りたくない。他の多くの者以上に、私にとっては辛い日々だった。勇気を欠いたわけではないけれど、私はまったく暴力に馴染めなかった。しかしながら、私たちがまさに新しい時代を迎えようとしていること、そしてこの時代がイスラーム教やキリスト教会の初期に比べられるものであって、新しい人間を求めていることは理解していた。個人的には、同志たちが疎ましかった。私たちを糾合する高尚な目的の前には、個人は在るべきでない、と考えようと努めたが無駄だった。

神学者らの言うところによれば、主の注意が物を書く私の右手から一瞬でも逸れるならば、あたかも光のない炎によって焼かれるように、この手は無に帰するだろう。正当な理由がなければ、と私は言いたい、何者も存在しないし、一杯の水を味わうことも一切れのパンを分け合うこともできない。その正当な理由は人によって異なる。私は、自分たちの信念を試すことになる非情な戦いを待望していた。その戦闘の一兵卒となると知るだけで、私には十分だった。イギリスの、ロシアの怯懦《きょうだ》が私たちを欺くのではないかと怖れたときもあった。偶然は、運命は私の未来を違ったかたちに織り上げていった。

一九三九年三月一日の日没、ティルシットで、新聞は伝えなかったが騒ぎがあった。シナゴーグの裏手の通りで、二発の銃弾がこの脚を貫通、切断を余儀なくされたのだ。[*2] 数日後、わが軍はボヘミアに侵攻した。サイレンがそのことを報じているとき、私は病床にあって身動きもならず、ショーペンハウアーの著作に没頭し、すべてを忘れようと努めていた。私の虚しい運命を象徴するのだろう、よく肥った大きな猫が窓ぎわで眠りこけていた。

『余録と補遺《パレルガ・ウント・パラリポメナ》』の第一巻を再読し、誕生の瞬間から死の時まで、人間の身に起こりえる事柄のいっさいは当人によりあらかじめ決定されている、という条りに行き当たった。すなわち、あらゆる怠慢は意図的なもの、あらゆる鉢合わせは待ち合わせ、あらゆる恥辱は罪滅ぼし、あらゆる敗北は密かな勝利、あらゆる死は自裁である。私たち自身が不幸な出来事を選んだのだという考えほど、有効な慰めはない。この個人的な目的

＊1〔一〇七ページ〕　他の国家は鉱物か隕石のように自足し、自立し、無心に生きている。ドイツは万物を映す普遍的な鏡、世界の意識《ダス・ヴェルトベヴーストザイン》である。ゲーテはそうした普遍的理解の原型である。私は彼を非難しないが、シュペングラーの命題のファウスト的人間を彼のうちに認めはしない。

＊2　この負傷の影響は非常に大きかったと噂されている。（編者注）

論はある隠された秩序を教え、驚くべきことだが私たちを神と一体化する。いかなる未知の企図が(と私は思った)あの午後を、あの銃弾を、あの切断を求めさせたのだろう？戦争への恐怖でなかったことは、私がよく知っている。それは、より深遠な何ものかだった。暫くして私は理解できたと思った。ある宗教に殉じることは、それを完璧に生きることより容易である。エフェソスで猛獣と闘うこと(何千もの無名の殉教者がそれをした)は、イエス・キリストの僕のパウロとなることほど困難ではない。一つの行為は、一人に許されたすべての時に比べればいささかである。戦いも栄誉も取るに足らない。ラスコリニコフの企てのほうがナポレオンのそれより困難である。一九四一年二月七日、私はタルノヴィッツ収容所の副所長に任命された。

この職務の遂行は楽しくはなかった。しかし私はそれを怠ることもなかった。臆病者は剣を打ち合うなかで己れを試し、慈悲を知る者は、哀れみ深い者は牢獄と他人の苦しみに試練を求める。ナチズムはその本質において、道徳的行為である。堕落しきった古い人間の殻を捨てて、新しい人間の装いを身にまとうことである。戦いのなかでは、隊長らの叱咤《しった》や兵士らの怒号のなかでは、そうした変化はありふれたことだ。窮屈な牢獄では様子がちがう。そこでは昔から、私たちは憐憫に駆られて心にもない優しさを見せたりするのだ。超人に対する憐憫はツァラトゥストラの窮極の罪である。(告白するが)私は、ブレスラウから高名な詩人ダヴィッド・イェルザレムが移送されてきたとき、危うくその罪に陥るところだった。

これは五十歳の男であった。この世の富に恵まれぬ身で、迫害され、拒否され、非難されながら、幸福を歌うことにその才を捧げていた。アルベルト・ゼルゲルがその著作『時代の文学《ディヒトゥング・デア・ツァイト》』のなかで、彼をホイットマンと比べていたような気がする。この比較は適切ではない。ホイットマンは宇宙を先見的に、一般的に、おおむね冷静に眺めている。イェルザレムは細やかな愛情をもって、あらゆるものに喜びを感じており、けっして列挙や目録に堕していない。「虎を描くツェ・ヤン」と題したあの深遠な詩の多くの六脚韻を、私は今もそらで繰り返すことができる。この詩は虎の縞模様に似ており、静かに横たわった虎たちがひしめき、駆け回っている。私はまた「ローゼンクランツ天使と語る」という独白を忘れるわけにいかない。この詩では、十六世紀のロンドンの高利貸しがいまわの際に、罪の償いをしようとする。しかし、彼自身の人生の秘められた意味が、顧客の一人――一度会ったきりで記憶にない――にシャイロックという性格を示唆したことにあるとは思いもしなかった。鋭い目つきに色つやの悪い肌、黒っぽい顎ひげの男、ダヴィッド・イェルザレムは、堕落し疎まれているアシュケナジムに属していながら、セファルディ系のユダヤ人の典型であった。私は彼に厳しく当たった。同情から、彼の名声への配慮から手を緩めることはしなかった。すでに何年も前に、可能性として地獄の萌芽《ほうが》でないものはこの世に存在しない、と私は考えるようになっていた。一つの顔、一つの言葉、一個の羅針、一枚のタバコのポスターが人を狂わせることもあるのだ、この者がそれらを忘れることができなければ。絶えずハンガリーの地図を思い浮かべているような人間は、狂ってはいないだろうか？　私はこの原則をわれわれの家の規律に組み入れる決意をした……。[*1]　一九四二年の末、イェルザレムは発狂した。一九四三年三月一日、自殺を図って成功した。[*2]

　果たしてイェルザレムは、私が彼を消したとすれば、それはむしろ私自身の慈悲心を消すためだったことを理解していたかどうか。私の目の前では、彼は一個の人間ではなく、ましてユダヤ人ではなかった。私の魂の忌わしい一部のシンボルと化していたのだ。私は、彼とともに苦悶し、彼とともに死に、彼とともにわが身を滅ぼした、ある意味では。だからこそ、私は冷酷に振る舞ったのだ。

　この間も、めでたい戦いの大いなる昼と大いなる夜は私たちの頭上を巡っていた。私たちの呼吸している空気には、愛にも似たある感情が漂っていた。ふいに海辺に立ったときのように、血の沸き胸のおどる思いを味わった。当時はすべてが、夢の趣きまでが異なっていた。（おそらく、私は一度として完全に幸福であったことはなかった。しかし周知のとおり、不幸は失われた園の存在を求めるものだ）。充足を、つまり一人の人間に可能な経験の総体を希求しない者はいない。その無限の財産の一部でも詐取されることを恐れない者はいない。しかし私の世代はすべてを所有したのだ。まず栄光を、次いで挫折を与えられたのだから。

一九四二年の十月か十一月に、弟のフリードリヒがエジプトの砂漠のなか、エル・アラメインの第二次の会戦で戦死した。数か月後、私たちの生家が空爆で破壊された。一

＊1　ここで、数行を省かざるをえなかった。（編者注）

＊2　古文書にも、ゼルゲルの著書にも、イェルザレムという名前はない。ドイツ文学史の類いにも記されていない。しかし編者は彼が架空の人物であるとは考えない。オットー・ディートリヒ・ツア・リンデの命令によって、多数のユダヤ系の知識人がタルノヴィッツで拷問を受けたが、そのなかにピアニストのエンマ・ローゼンツヴァイクもいた。「ダヴィッド・イェルザレム」は、おそらく数種の人間のシンボルだろう。彼は一九四三年の三月一日に死亡したと伝えられている。一九三九年の三月一日には、語り手がティルシットで負傷した。（編者注）

九四三年には、別の空爆で私の実験室が破壊された。広大な大陸の至るところで追い詰められ、第三帝国は死に瀕していた。その手はすべての人間に上げられ、すべての人間の手は第三帝国に上げられた。その時、今なら理解できるような気がするが、ある奇妙なことが生じた。私はあの怒りの杯を飲み干すことができると思っていたのだが、その澱《おり》のなかに思いもよらぬ味を、神秘的な、恐ろしいほどの幸福の味を感じ取って、思いとどまったのだった。あれこれ理由を考えたが、私を満足させるものは見出せなかった。私は思ったのだ。挫折が私をむしろ喜ばせるとしたら、それは、私が密かに罪を意識しており、処罰によってのみ救われるからだ。また私は思ったのだ。挫折が私をむしろ喜ばせるとしたら、それは、これが終末であり、私自身も疲弊し切っているからだ。さらに私は思ったのだ。挫折が私をむしろ喜ばせるとしたら、それは、すでに生起したことであり、過去と現在と未来のあらゆる出来事と限りなく結びついており、一個の現実的な出来事を非難したり慨嘆したりするのは宇宙を冒瀆することであるからだ。こうした仮説をあれこれ考えているうちに、私は真の理由にゆき当たった。

すべての人間は生来、アリストテレス的かプラトン的かのいずれかであると、それまで言われてきた。これはつまり、アリストテレスとプラトンの論争の契機たりえない抽象的な論義は存在しない、と主張することである。あまたの時代と土地を通じて名前が、言葉が、顔が変わっても、あの永遠の対立的存在は変わらない。諸民族の歴史もまた秘めた連続性によって繋がっている。アルミニウスはある湿原でヴァルスの軍団を壊滅させた時、ドイツ帝国の先駆者になるとは思いもしなかった。聖書の翻訳者のルターは、その結果が聖書を永久に破壊する民族を産み出すことであるとは夢にも思わなかった。一七五八年にロシアの銃弾によって倒されたが、クリストフ・ツア・リンデはある意味で一九一四年の勝利を用意したのだった。ヒトラーは**一つの**国のために戦っていると信じたが、実はすべての国のために、攻撃し憎悪しているあの国々のために戦ったのだ。彼の自我がそのことを知らなかったとしても、それは問題ではない。彼の血は、彼の意志は自覚していた。世界はユダヤ主義のために、イエス信仰というユダヤ教の病いのために死に瀕していた。私たちはそれに暴力と剣の信仰を植えつけた。その剣が私たちの命を奪おうとしている。迷路を織り上げたのはいいが、命の尽きる日まで、そこをさ迷わなければならない妖術師に、私たちは似ている。あるいは、ある見知らぬ男を裁き、死を宣告したのはいいが、後になって、**汝こそその者なり**という啓示を聞いたダビデに、私たちは似ている。新秩序を樹立するためには、多くのものを破壊しなければならない。

ドイツがそうしたものの一つであることを、今の私たちは知っている。私たちはこの生命以上のものを捧げ、この愛する国の運命を捧げた。別の人間たちは呪い、さらに別の人間たちは泣くがよい。私たちの授かる運命が円環をなしつつ完結することを、私は喜びとする者なのだ。

今や苛酷な時代が世界に迫りつつあるが、その時代を産んだのは私たち、すでにその犠牲者となっている私たちなのだ。イギリスが鉄槌であり、私たちが鉄床《かなとこ》であっても、そんなことはどうでもよい。肝心なことは、キリスト教的な卑屈で怯懦な行為ではなく、暴力が支配することだ。勝利と不義と幸福がドイツにふさわしくなければ、他の国々に与えられればいい。私たちの場所が地獄であっても、天国は存在してほしい。

私は鏡に映った自分の顔を見て、自分が何者であるかを知ろうとする。数時間後に、自分の最期に直面したときに、いかに振る舞うべきかを知ろうとする。私の肉体は恐怖を抱くかもしれないが、私は、違う。

アヴェロエスの探求

悲劇は賛美の芸術にほかならぬと想像しつつ……

エルネスト・ルナン『アヴェロエス』48(一八六一)

アブルグアリド・ムハンマド・イブン＝アフマド・イブン＝ムハンマド・イブン＝ルシュド(この長ながしい名前がベンライストやアヴェンリズ、さらにアベン＝ラサドやフィリウス・ロサディスなどを経てアヴェロエスになるまでには、一世紀を要したはずだ)は、その著作『破壊の破壊《タハフト・ウル・タハフト》』の第十一章を書いていた。そこでは、『哲学者らの《タハフト・ウル・》破壊《ファラシファ》』の著者であるペルシアの隠者ガザリへの反論として、神は、個ではなく種に関わる、宇宙の一般法則を知るのみである、と主張されていた。アヴェロエスは右から左へ、ゆっくりと、着実に書きすすめた。三段論法を組みあげ、長ながしい語句を繋いでいく営みも、彼を取り巻いている奥まった涼しい屋敷の心地よさを楽しむ妨げとはならなかった。午睡の時刻には鳩たちがくぐもった愛の囁きを交わした。ある見えない中庭から、吹き上げる噴水の音が聞こえた。先祖がアラビアの砂漠の出であるアヴェロエスの身内の何かが、絶えることのない水の存在に感謝を捧げていた。下のほうに庭園が、果物畑があった。下のほうにはまた慌《あわただ》しいグアダルキビルの流れがあり、その向こうに、バグダッドやカイロに劣らず明るく、複雑で微妙な楽器にも似た愛すべきコルドバの町があった。そしてその周囲には、(この点はアヴェロエスもすでに感じ取っていたが)スペインの大地がはるか彼方まで広がっていた。そこには物はほとんど無かった。しかしその一つ一つが、実体的かつ永遠のものとして存在するかのように思われた。

鵞ペンは紙面を走り、論旨は錯綜して反駁を許さぬものとなったが、微かな不安がアヴェロエスの満足に一抹の影を落としていた。その原因は、たまたま取り掛かった仕事の『破壊の破壊』ではなかった。彼の存在を人類に対して正当化するはずの記念碑的な作品、アリストテレス注解に関わる言語学上の問題であった。あらゆる哲学の源泉とされるこのギリシア人は、およそ知りえることの一切を教授するために、人類に贈られたのだ。神学者《ウラマー》たちがコーランを解釈するように、アリストテレスの著作を解釈することこそ、困難ながらアヴェロエスの目指すところだった。十四世紀を隔てた一個の人間の思想に向けられた、アラビアの一医師のこの献身より美しく悲愴なものは、歴史上まれである。シリア語やギリシア語に無知である、アヴェロエスが翻訳のさらに翻訳に基づいて作業を行ったという事実を、その本質的な困難に付け加えなければならない。前夜も、疑義のある二つの単語のせいで、『詩学』の冒頭に引き止められていた。それらの単語とは tragoidia と komoidia であった。数年前に『修辞学』の第三巻で出会ったもので、イスラームの世界では、誰ひとりとしてその意味するところを知らなかった。アヴェロエスはアフロディシアのアレクサンドルの著作を読みあさり、ネストリウス派のフナイン・イブン＝イシャクやアブ＝バシャル・マタの翻訳に当たってみたが虚しかった。あの二つの謎めいた単語は『詩学』の本文に頻出する。無視するわけにいかなかった。

　アヴェロエスは鵞ペンを置いた。(さほど自信はなかったが)探しものはおおむね身近にあると呟いてから、『破壊の破壊』の手稿をしまった。そしてペルシアの書家たちが筆写したものだが、盲目のアベンシダによる何巻もの『辞書《モフカム》』が並んでいる書棚に向かった。アヴェロエスがそれらを参照しなかったと思うのは馬鹿げているが、彼はただ漫然とページをめくる楽しみに誘われたのだ。この雅びな気晴らしから、彼は歌声に似たもので引き離された。格子付きのバルコニーから下を覗くと、狭苦しい土の中庭で、上半身が裸の子供たちが遊んでいた。その一人が別の子供の肩のうえに乗って、明らかに、祈禱の時刻を告げる役のまねをしていた。固く眼を閉じて唱えていた、アラーのほかに神なし。この子供をじっと支えている子供は、尖塔《ミナレット》のつもりであり、土のうえに神妙に膝を突いているさらに別の子供は、信徒を代表しているのだ。遊びは長くは続かなかった。みんなが時刻を告げる役をやりたがって、信徒や尖塔のなり手はいなかったからだ。アヴェロエスは、子供たちが未熟な方言《グロスス》、つまりイベリア半島のイスラーム教徒らが話す初期スペイン語で、言い争っているのを耳にした。彼はハリルの『アインの書《キタブ・ウル・アイン》』を開いて、コルドバ中に(おそらくアル＝アンダルス中に)、首長のヤクブ・アルマンスルがタンジールから送ってきたこの写本以外に、完璧な著述の写本は存在しないのだと考え、誇らしさを覚えた。この港町の名前は、モロッコから帰国した旅行家アブルカシム・アル＝アシャリがその晩、コーラン学者ファラクの屋敷で、自分と食事を共にする予定であることを思い出させた。アブルカシムはシン(支那)の帝国の各地を訪れたと言っていた。彼を誹謗《ひぼう》する者たちは、憎悪に由来するあの奇怪な論法を用いて、彼は支那の地を踏んだことは一度としてないとか、この国のかずかずの寺院でアラーを冒瀆したとか、断言した。当然、会食は数時間に及ぶだろう。アヴェロエスは急いで、ふたたび

『破壊』の執筆に取りかかった。あたりが暗くなるまで仕事は続いた。

ファラクの屋敷における会話は、首長の比類のない美徳のかずかずから首長である弟のそれらへと移っていった。その後、庭園に出てバラの話をした。それまでバラに目を向けていなかったのだが、アブルカシムは、アンダルシアの別荘を飾っているバラほどの代物はない、と断言した。ファラクはこの世辞で浮かれることはなかった。博学なイブン・クタイバが四季咲きのバラの見事な変種について述べている、と教えた。ヒンドスタンの庭園で栽培されているそれの花弁は真紅で、「アラーのほかに神なし。ムハンマドは神の使徒なり」という文字が書かれているとか。アブルカシムならきっと、その種のバラを知っているだろう、とファラクは付け加えた。当のアブルカシムは狼狽してその顔を見た。知っていると答えれば、みんなは当然、彼のことを行き当たりばったりの、いかさま師と思うだろう。知らないと答えれば、不信心な者とみなされるだろう。秘義的なものを解く鍵は主と共にあり、主の書物に記されていない緑のもの、萎えたものは存在しない、と呟くにとどめた。それらの言葉はコーランの冒頭の章の一つに出てくるもので、敬虔な囁きによって受け入れられた。この遣り取りによる勝に気をよくしてアブルカシムは、主はその業において完璧であり計りがたい、と言おうとした。するとアヴェロエスが、まだ存在もあやふやなヒュームの後のちの言葉を先取りして、のたもうた。

「博学なイブン・クタイバ、あるいは筆耕らの誤りを認めるほうが、大地が信仰告白を伴ったバラを産むことを認めるより、私にとっては容易ですよ」

「それはそうでしょう。偉大かつ真実のお言葉です」と、アブルカシムは応じた。

「ある旅行者が」と、詩人のアブダルマリクが思い出して言った。「果実が緑色の鳥である樹木について語っています。文字の書かれたバラよりは、この鳥を信じるほうが楽ですよ、私には」

「鳥たちの色が」と、アヴェロエスは言った。「驚異を産み出していると思われます。さらに、果実と鳥たちは自然界に属していますが、書記は人工のものです。木の葉から鳥に移るのは、バラから文字へ移ることより容易ですよ」

別の客人が、コーラン――書物の母――の原典は天地創造に先立つものであり、上天に収蔵されているのだから、文字が人工のものであるはずがない、と激しい口調で言った。さらに別の客人が、コーランは人間の形、あるいは動物の形をとりえる実体であると述べた、チャヒス・デ・バスラを持ち出した。この意見は、コーランに二つの顔ありと主張する一派のそれと合致すると思われるが。ファラクは正統的な教義を長ながと述べ立てた。(彼が言うには)コーランは神の属性の一つである、その慈悲と同様に。それは書物として筆写され、舌で発音され、心に記憶される。言語と記号と書法は人間たちの作り出したものだが、コーランは破棄できない永遠のものである。『国家』の注釈を行ったことがあるのでアヴェロエスは、聖典の母はプラトンの原型に似た何ものかであると言えたのだったが、神学がアブルカシムのおよそ近寄りがたい主題であることは知っていた。

このことに気づいていた他の客人たちはアブルカシムに、何か不思議な話をしてくれと頼んだ。当時も今と同じように、世間は恐ろしい所だった。そこで生き延びることができるのは、よほど肚のすわった人間であり、また、何事も我慢という惨めな人間である。アブルカシムの記憶は、内心の臆病さを映す鏡だった。果たして語れる何かがあるのだろうか？　それに、求められているのは驚異的な物語である。驚異はおそらく伝達不可能なものだ。ベンガルの月はイエメンの月と同じではないが、同じ語句で描写するしかない。アブルカシムはしばらく躊躇《ちゅうちょ》し、やがて口を開いた。

「さまざまな土地や都市を旅する人間は」と、彼は熱っぽい口調で言った。「信じるにたる多くの事柄をその眼で見ます。たとえば以下は、トルコ人らの王に一度だけした話です。事はシン・カラン〈カントン〉、つまり〈生命の水〉の流れが海に消えるところで生じたのですが」

その都市はイスカンダル・ズル・カルナイン〈マケドニアの双角のアレクサンドロス大王〉がゴクとマゴグらに備えて築いた、城壁から遠く隔たったところにあるのか、とファラクは尋ねた。

「多くの砂漠に隔てられています」とアブルカシムは、そのつもりはないのに偉ぶった口調で答えた。「カフィラ〈隊商〉がその塔をのぞむ所に達するのに、四十日を要するはずです。そこに行くまでには、さらに四十日かかるとも言われています。シン・カランでは、その都市を見た者を、あるいはその都市を見た者に会ったという者を、一人も見かけませんでした」

ほかならぬ無限、単なる空間、単なる物質などへの恐怖が一瞬、アヴェロエスを襲った。彼は左右相称の庭園に視線を向けた。自分がもはや年老いて、何の役にも立たない、幻のような存在であることを知った。アブルカシムが言った。

「ある日の午後、シン・カランのイスラーム教徒の商人らが私を一軒の彩色した木造の家に連れ込みました。そこには、大勢の者が住んでいました。その家の様子をお話しすることは無理です。どちらかと言えば、棚やバルコニーが何層も重なり合った、ただ一つの部屋でした。これらの穴めいた所に人が住んで、食べたり飲んだりしているのです。床のうえでも、テラスでも、同じことでした。このテラスにいる者たちは太鼓やリュートを弾奏しておりましたが、十五人か二十人、真っ赤な仮面を着けた者たちは別で、この連中はお祈りを唱えたり、歌ったり、語り合ったりしていました。幽閉状態にありながら、誰の眼にも牢獄は映っていませんでした。騎馬を楽しみながら、馬を見ていませんでした。戦闘に明け暮れながら、その剣は葦でした。死んでいながら、その後も立っていました」

「狂人たちの行動は」と、ファラクが応じた。「常人には測りかねます」

「彼らは狂っていたわけではありません」と、アブルカシムは説明せざるをえなかった。「ある商人の話によれば、彼らはある物語を演じているのです」

誰も理解できなかった。いや誰も理解したいと思っている様子ではなかった。アブルカシムは困惑して、聞いたとおりの話から下手な説明に転じた。手振りを交えて、次のように言った。

「ある者がある物語を語る代わりに、それを演じると想像してください。その物語は、エフェソスの眠れる人びとのそれだとしましょう。彼らが洞窟に籠もるのが見えます。祈ったり眠ったりするのが見えます。眼を開けて眠るのが見えます。眠っていながら背が伸びていくのが見えます。三百九年後に目覚めるのが見えます。売り子に古銭を渡すのが見えます。楽園で目覚めるのが見えます。犬と一緒に目覚めるのが見えます。こういったものを、あの午後、テラスの人びとは演じていたのです」

「その人たちは話をしていましたか?」と、ファラクが訊いた。

「もちろん話をしていました」と、アブルカシムが言った。ろくに覚えていないし、かなり退屈させられた芝居を弁護する羽目になり、「話したり、歌ったり、訴えたりしていましたよ!」

「そんなことなら」と、ファラクが言い返した。「二十人は要らなかったでしょう。話し上手な者が一人おれば、どんなことでも語れます。よほど込み入ったことでも」

一同がこの意見に賛意を示した。神が天使らを導くために用いる言葉、アラビア語の、さらにアラビア詩の美点が称揚された。アブダルマリクはこの詩に然るべき賛辞を捧げたのち、ダマスカスやコルドバで、牧歌的なイメージやベドゥイン族の語彙に恋着する詩人たちを、古めかしいと批判した。グアダルキビルの流れを眼の前にしている人間が井戸の水を讃えるのは、馬鹿げていると言った。古くからある隠喩を一新する必要性を説いた。ズハイルが運命を盲目の駱駝《らくだ》になぞらえたとき、この比喩は人びとを驚かせたが、五世紀もてはやされているうちに色褪せた、と言った。多くの口から、何度も聞いた覚えのあるこの意見に、一同は賛意を表した。アヴェロエスは沈黙していた。やがて、他人にではなく、自分に言い聞かせるように口を開いた。

「あれほど雄弁にとは言えませんが」と、アヴェロエスは語りだした。「かつて私も、アブダルマリクの主張する命題を、同じような論拠によって支持しました。アレクサンドリアでは言われていたのです、罪を犯して後悔した者だけが罪を犯しえないと。付け加えれば、過ちを免れるためには、あらかじめ告白しておけばよろしいのです。ズハイルはそのムハラカのなかで、運命が盲目の駱駝よろしく突然、人間たちを踏みつけにするのを何度となく見たと謳っています。アブダルマリクの理解では、その種の比喩はもはや人を感嘆させることはないそうですが。この意見にも多くの反論がありえますね。その第一は、詩篇の目的が驚きというものであれば、それが生きる時間は、世紀ではなく日数や時刻、おそらく寸秒によって測られるでしょう。第二は、高名な詩人は創造者よりむしろ発見者なのです。イブン゠シャラフ・デ・ベルハを称揚するために、これまで繰り返し言われてきました、木の葉が樹々から落ちるように、夜明けの星もゆっくりと落ちていく、と想像できたのは、彼のみであると。仮にその通りだとしても、それはこのイメージが陳腐であることを証明するものでしょう。一個の人間が思い描くイメージが他人の琴線に触れることはありません。地上には無限のものが存在しています。何かを何かと比べることは可能です。星を木の葉と比べるのは、それを魚や鳥と比べるほど恣意的でないということはありません。それどころか、運命が力はあるが実にへまで、無心であるが同時に非情であることを、一度も思わなかった人はいないでしょう。つかのまのものか不断のものかはともかく、誰もが抱かざるをえない、その種の信念を述べるためにズハイルの詩は書かれました。そこで述べられた事柄は、あれ以上に見事に述べられることはないでしょう。さらに(おそらく、これこそ私の省察のかなめですが)、王宮さえ荒らす時間が、それらの詩行の内容をより豊かなものにしています。ズハイルの詩篇は、この者がアラビアで物したさいに、二つのイメージを、老いた駱駝のそれと運命のそれを対照させるのに役立ちました。今ここで繰り返せば、その詩はズハイルを思い出させ、私たちの悲しみをあの亡くなった詩人の悲しみと合一させるのに役立つでしょう。あの比喩は二つの項を持っていましたが、今では四つの項を持っています。時間が詩の世界をより広いものにするのです。音楽と並んで、一切の人間にとって一切であるような詩を、私はいくつか知っています。というわけで、数年前のマラケシュで、コルドバの思い出に苦しめられながら、アブドゥラマンがルサファの庭園でアフリカ渡来の椰子に捧げた、頓呼法を繰り返し唱することで心を慰めたのでした。

お前もまた、おお椰子よ！
この異国の地で……

詩の不思議な効験、ですか。東方にあこがれた王によって書かれた言葉が、アフリカに放逐された私の、スペインへの郷愁を慰《い》してくれたのです」

アヴェロエスはこの後、イスラーム教以前の〈無知の時代〉に砂漠の無限の言語であらゆることを語った、あの初期の詩人たちを話題にした。当然であるが、イブン＝シャラフの作品のくだらなさに呆れたアヴェロエスは、古代の詩人たちやコーランに詩の要諦《ようてい》は秘められていると語り、革新の希いなどは無知による虚妄であると断じた。彼が古いものを称揚するというので、他の者たちは喜んで耳を傾けた。

アヴェロエスが書斎に戻った時、時禱係らが早朝の祈りへの呼び掛けを行った。(ハーレムで、黒髪の女奴隷たちが一人の赤髪の女奴隷をいじめていたのだが、彼がそれを知るのは午後になってからのはずだ)。二つの晦渋な単語の意味が、ふとしたことで解けた。しっかりした丁寧な筆跡で、彼は手稿に以下の文章を書き加えた。**アリストゥ(アリストテレス)は頌詞を悲劇と、諷刺や呪詛を喜劇と名づけた。コーランのなかに、霊廟で唱される詩のなかに、素晴らしい悲劇と喜劇は数多く見られる。**

彼は眠くなり、少しばかり寒さを感じた。ターバンを解き、鏡を覗いた。彼の眼がそこに何を見たかは分からない。歴史家の誰ひとりとして、彼の顔かたちを記述していないからだ。私が知っているのは、あたかも光のない火によって焼かれたように、彼が掻き消えたということ、そして彼と一緒に屋敷が、見えていない噴水が、書物が、手稿が、鳩たちが、多くの黒髪の女奴隷が、身を震わせていた赤髪の女奴隷が、ファラクが、アブルカシムが、バラの木が、おそらくグアダルキビル川までが掻き消えた。

以上の物語のなかで、私はある挫折の経緯を語ろうとした。まず、神が存在することを証明しようとした、あのカンタベリーの大司教のことを考えた。それから、哲学の石を探し求めた錬金術師のことを、それから、円の三等分法や円の求長法を虚しく求めた者のことを考えた。その後も、彼自身はともかく他人には禁じられていない目的を追求する人間の場合のほうが、より詩的ではないかと考えた。イスラーム世界という場に閉じ込められて、**悲劇**と**喜劇**という言葉の意味を知ることも決してなかった、アヴェロエスを思い起こした。私はこの話をした。話が進むにつれて、雄牛を造るつもりで野牛を造ってしまったという、バートンの述べるあの神が感じたはずのものを、私も感じたのだった。作品が私を愚弄していると感じたのだった。劇場がいかなるものかを知らずに、演劇はいかなるものかを想像しようとしたアヴェロエスは、ルナン、レイン、アシン・パラシオスらの断篇より他に資料を持たずに、そのアヴェロエスを想像した私以上に愚かというわけではない、と感じたのだった。私の物語は、これを書いていた過去の私を象徴するものであること、また、この物語を書きすすめるにあたって、私があの人間にならなければならなかったこと、また、あの人間になるために、私はこの物語を書きすすめねばならなかったこと、また、これは無限に続くのだということを感じたのだった（私が彼の存在を信じるのを止めるその瞬間に、〈アヴェロエス〉は消滅する）。

ザーヒル

ブエノスアイレスでは、ザーヒルはありふれた二十センタボの硬貨である。ナイフか小刀による傷がＮＴという文字と2という数字の上を走っている。表には1929という年号が刻まれている(十八世紀のグジャラートでは、ザーヒルは虎だった。ジャワでは、信徒らによる石責めで死んだ、スラカルタのイスラーム寺院の盲人だった。ペルシアでは、ナディール・シャーが海底に投じさせた天文儀だった。マフディーの牢獄では、一八九二年ごろのことだが、ルドルフ・カルル・フォン・スラティンが触れた、小さな、ターバンの切れ端にくるまれた磁石だった。ゾーテンベルクによれば、コルドバの寺院では、千二百本もの円柱のうちの一本の大理石の石目だった。テトゥアンのユダヤ人街では、井戸の底だった)。今日は十一月の三日である。六月七日の明け方、ザーヒルは私の手に渡ったのだ。今の私はあの時の私ではないが、出来事を思い出すことは、おそらく語ることはまだ可能である。部分的であるとはいえ、私はまだボルヘスなのだ。

テオデリナ・ビジャルは六月六日に亡くなった。一九三〇年ごろは、彼女の写真が大衆雑誌の誌面をよく飾っていたものだ。おそらく、その頻繁さのせいで、大変な美人と思われたのだろうが、すべての写真がこの想像を文句なく裏付けるものでもない。さらに言えば、テオデリナ・ビジャルは美しさよりも完璧さに気を遣った。ヘブライ人やシナ人らは人間の置かれた情況のすべてに応じる作法を定めた。『ミシュナ』には、安息日も夕方になったら、仕立屋は針を持って表に出るべきではない、と書かれている。『礼記』には、客人は一杯めの杯を受けるときは重々しい態度を、そして二杯めを受けるときは恭しいが喜ばしげな態度を示すべきだ、と書かれている。テオデリナ・ビジャルが自分に求めた作法は、似たようなものだが、より細かなものだった。孔子の弟子かタルムード学者のように、彼女はあらゆる行動に非の打ちどころのない正確さを求めたが、その努力ははるかに驚くべきもの、はるかに痛ましいものだった。その信条にもとづく規則が不変のものではなくて、パリやハリウッドの気まぐれに振り回されたからである。テオデリナ・ビジャルは、まともな場所へ、まともな時刻に、まともに選ばれた衣裳と、まともに気が乗らぬ顔で乗りこんだ。しかし、そうした気乗り薄さ、衣裳、時刻、場所などは瞬くまに頽《すた》れてしまい、(テオデリナ・ビジャルの口を借りれば)悪趣味の見本のようになるのだった。フローベールのように、彼女は絶対を探求した。ただし、つかのまの絶対を。彼女の生活は模範的なものだったが、しかし絶えず、内なる絶望に苦しめられていた。自分自身から逃れたいと思うのか、きりもなく変身を試みた。髪の色や型は評判になるほど変化した。微笑み、肌色、流し目などのぐあいもころころ変わった。一九三二年以降、彼女は痩せることを心掛けたが……。戦争は考えるきっかけになった。パリがドイツ兵らに占領されたというのに、どうして流行が追えるだろうか？かねてから信用していなかったのだが、ある外国人が彼女のひとの善さにつけこんで、筒型の帽子をいくつも売りつけた。そして一年後には、このへんてこな代物は、パリでは誰もかぶっていなかった、したがって、それは帽子ではなく、気まぐれで独りよがりのお飾りであるという噂が立った。悪いことは重なる。ビジャル博士はアラオス街への転居を余儀なくされ、その娘の顔写真はクリームや自動車の広告を飾るようになった。(彼女がたっぷり使っていたクリームと、もはや所有していない自動車！)。その流儀を貫くには、莫大な財産が必要であることを弁えた彼女は、惨めな姿を晒すより引退を選んだ。付け加えれば、頭が空っぽの小娘たちと競うのが気に染まなかったのだ。アラオス街の陰気なアパルトマンの生活は耐えがたいものだった。六月の六日、テオデリナ・

ビジャルはバリオ・スルのどまん中で亡くなるという破格語法《ソレシスモ》を犯した。アルゼンチン的な情念のなかでもとりわけ真率なもの、俗物根性が動機となって、私は彼女に恋着したこと、そして彼女の死に涙せざるをえなかったことを、果たして告白すべきだろうか？　おそらく読者は、とっくに気づいたはずだ。

通夜の場で、腐敗の進むにつれて死者は昔の表情を取り戻していく。ごたごたした六日の夜のある時刻に、魔法にかけられたように、テオデリナ・ビジャルは二十年前の彼女に戻った。その容貌は高慢さ、お金、若さ、ある階級の頂点にいるという意識、想像力の不足、かずかずの制約、愚鈍さ、などなどから授かった威厳を回復していた。私はおおむね次のように思った。私の心を掻き乱したその顔のいかなる表情も、この表情ほど記憶に値するものはないだろう。これが最後のものであってほしい。最初のものでもありえたのだが。花に埋もれて硬直しながら、健気《けなげ》に死に挑んでいる彼女の傍らを私は離れた。表に出たのは朝の二時ごろだったと思う。予想していたように軒の低い平家が立ち並んでいて、闇と静寂によって単純化される、夜のあの抽象的な表情を帯びていた。誰にということもない哀れみを覚えながら、私は酔漢のように街々をさまよった。チレ街とタクアリー街の交わる角で、一軒の開いている酒場を見つけた。私にとって運の悪いことに、その店では三人の男がトランプをやっていた。

撞着語法《オクシモロン》と呼ばれる修辞では、ある単語に、それとは矛盾するような形容辞が付される。ということでグノーシス派の者たちは、暗い光について語り、錬金術師らは、黒い太陽について語った。テオデリナ・ビジャルのもとへの最後の訪問を終えて外に出ること。そして一軒の店で酒をあおること。これは一種の撞着語法であった。この無作法と軽薄さが私を誘惑したのだ（カードで遊んでいるという状況も、あの対照を際立たせた）。私はオレンジジュースで割った酒を注文した。お釣りに〈ザーヒル〉を渡された。一瞬、それを見詰めた。表に出た。何となく体が熱っぽかった。歴史や寓話のなかで常に輝いている硬貨の象徴たりえない硬貨は存在しない、と考えた。カロンテのオボロ銀貨、ベリサリウスのオボロ銀貨、ユダの三十枚の銀貨、高等娼婦のライスのドラクマ銀貨、エフェソスの眠れる者の一人が差し出した古銭、やがて丸い紙切れとなった『千一夜物語』中の魔法使いの輝く銀貨、イサーク・ラケデンの無尽蔵のデナリウス銀貨、金ではないと、フィルドゥシはある王に突き返したが、叙事詩の各行に一枚ずつ与えられた六万枚の銀貨、エイハブがマストに釘打ちさせたオンス金貨、レオポルド・ブルームの戻ってこないフロリン銀貨、ヴァレンヌ近郊で、国外逃亡中のルイ十六世の正体を暴露させた、肖像入りのルイ金貨、などなどのことを考えた。夢のなかでのように、すべての硬貨がこのような、よく知られた由緒を持ちえるという考えには、説明は難しいけれど、非常に大きな意味があると感じた。少しずつスピードを速めながら、私は人気《ひとけ》のない通りや広場を歩き回った。疲れ果てて、ある角で立ち止まった。傷んだ鉄柵が眼についた。その向こうに、コンスティトゥシオン教会の前廊の黒と白の舗石が見えた。私はそこらをぐるりと一回りしたらしい。ザーヒルを渡された店から一ブロックほどの所に、いま立っているのだから。

私は角を曲がった。その角の暗い壁面が、遠くからではあるが、店の閉まっていることを教えてくれた。ベルグラノ街に出てタクシーを拾った。眠気が消え、何かに憑かれた、幸せとさえ言えそうな気分で私は、お金より非物質的なものは存在しない、どんなお金でも(例えば二十センタボ銅貨でも)厳密に言えば、可能な未来のすべてを含んでいるのだから、と考えた。お金は抽象的であり(と私は繰り返した)、お金は未来の時間である。それは、郊外のある日の午後でもありえる。ブラームスの音楽でもありえる。地図の類いでもありえる。チェスでもありえる。コーヒーでもありえる。黄金の蔑視を説いたエピクテトスの言葉でもありえる。ファロス島のそれよりも変幻自在なプロテウスでもありえる。お金は予見できない時間、ベルクソン的な時間であり、イスラーム教やストア派の硬直した時間ではない。決定論者らは、起こりえる事柄、すなわち起こりえた事柄が存在することを否定する。一枚の硬貨はわれわれの自由意志を象徴している。(私は疑いもしなかったが、こうした「物思い」はザーヒルに抗する計略であり、ザーヒルの悪魔的な影響の最初の表われでもあった)。なおも考えごとをしたあと、私は眠りに就いたが、グリュプスめいたものが見張っている硬貨が自分であるという夢を見た。

翌日、私はすべてを酔いのせいにした。また、私をさんざん悩ました硬貨を手放すことにした。硬貨をよく見た。引っ搔き傷を別にすれば、とくに変わったところはなかった。庭に埋めるか、書斎の片隅に隠すかすればよかったが、しかし私は、その勢力圏から遠いところに身を置きたかったのだ。硬貨を目の前から消すという道を私は選んだ。その朝はピラル教会にも、墓地にも行かなかった。地下鉄に乗ってコンスティトゥシオンに、コンスティトゥシオンからサン・フアン、そしてボエドへ向かった。考えてもいなかったウルキサで下車した。西に歩き、南に歩いた。わざわざでたらめに、いくつかの街角を曲がり、これといって特徴のない通りで、たまたま眼についた店に入り、酒を注文し、ザーヒルで支払った。サングラスの奥で、眼を細めた。家々の番号も、通りの名前も見ないで済ますことができた。その晩、私はベロナールを一錠飲んで、ぐっすり眠った。

六月の末まで、私は幻想的な短篇の執筆にかかりきりになった。この短篇は二、三の謎めいた迂言法《ペリフラシス》――**血**の代わりに**剣の水**と、**黄金**の代わりに**蛇の寝床**と言う――を含み、第一人称で書かれている。語り手は隠者で、人間たちとの交わりを断ち、荒地のような所に住んでいる。(グニタヘイドゥルがこの土地の名前である)。その生活の純朴さや質素に感動して、彼を天使とみなす者たちもいる。これは善意に根ざした誇張だろう。罪を免れる人間など存在しないのだから。早い話が、隠者自身が父親の首を刎《は》ねているのだ。確かに、この父親が評判の妖術師で、怪しげな術を用いて、莫大な財宝を我が物にしたということがあったが。その財宝を人間どもの異様な欲心から守ることこそ、隠者が一生を捧げた使命であった。隠者は昼も夜も財宝を見張っている。まもなく、いやおそらくあまりにも早く、その見張りは終わるにちがいない。星占いの告げるところでは、それをきっぱり終わらせる剣は、すでに鍛えられたというのだ。(グラム、がその剣の名前である)。屈折の度合いを次第に増していく文章で、彼はその肉体の艶やかさ、しなやかさを称える。ある節では、さりげなく鱗《うろこ》について語る。またある節では、彼が見張っている財宝は、きらめく黄金と赤い指環から成ると言う。ようやく私たちは悟る。隠者は蛇のファフニルであり、隠者が身を横たえている財宝はニーベルング族のそれであることを。ジークフリートの登場が物語をいきなり断ち切る。

すでに言ったが、あのつまらぬ物語(えせ学者よろしく、そのなかに『ファフニスマル』のある詩行を忍ばせておいた)を書くことで、私はあの硬貨のことを忘れることができた。忘れることができるという確信があったので、意識的に思い出そうとする夜もあった。どうやら私はそうした時間を使い過ぎたらしい。事を始めるのは簡単でも、終わらせるのはそうでもない。あの忌わしいニッケルの円盤も、人の手から手へと渡る他のものと変わりはないと、また同一の、無尽の、無害の代物であると、繰り返し考えたが無意味だった。それでもこの反省に力をえて、他の硬貨のことを考えようと努めたが、うまくいかなかった。チリの五センタボ貨や十センタボ貨、ウルグアイのビンテン貨などでやってみた、そして失敗に終わったある実験も記憶にある。七月十六日、私は一ポンドの紙幣を手に入れた。昼間はじっくり見ることもしなかったが、その晩(さらに幾晩か)、紙幣を拡大鏡の下に置き、明るい電灯の光を当ててじっくり調べた。それから紙を透かして、鉛筆で模様をなぞってみた。閃光も、ドラゴンも、聖ジョージも何の役にも立たなかった。固定観念を変えられなかった。

八月になってから、精神科医の診察を受けることにした。愚かしい話を洗いざらい打ち明けることはしなかった。不眠症に悩まされ、ある物のイメージに追い回されている、例えばチップや硬貨の……と訴えた。直後にサルミエント街の書店で、ユーリウス・バルラッハの『ザーヒル伝説の関連資料』(ブレスラウ、一八九九)を一冊見つけた。

この本に私の病気についての記述があった。序文によれば、著者が意図したのは、「ハビヒトの古文書に属する四点とフィリップ・メドウズ・テイラーの報告書の原稿を含めて、ザーヒルの迷信に関わる資料のすべてを、扱いやすい八つ折版の一冊に収めること」であった。ザーヒル信仰はイスラーム起源のもので、どうやら十八世紀に始まるらしい。(バルラッハは、ゾーテンベルクがアブルフェダのものとしている文章に異議を唱える)。ザーヒルは、アラビア語で「明白な」「眼に見える」の意である。その意味で、神の九十九の名前の一つにほかならない。イスラーム世界の民衆は、ザーヒルを「忘れえぬものの恐るべき力を持ち、そのイメージは人を狂気に陥れて終わる存在や事物」であると言う。その最初の明確な証言はペルシアの人、ルトゥフ・アリー・アズールのそれである。『炎の神殿』と題した、頼りになる人名事典のなかで、この多作の托鉢僧は、シラスのある学舎に銅製の天文儀があって、「これを一度見た者はほかのものを考えられなくなる、まことに見事な出来で、それゆえ国王は、人びとが宇宙を忘れぬように、海の底に沈めよと命じた」と述べた。ハイデラバードの土侯に仕えて、有名な小説『ある殺し屋《サッグ》の告白』を書いたメドウズ・テイラーの報告ははるかに長い。一八三二年ごろ、テイラーはブージの郊外で、狂気もしくは聖性を意味するという聞きなれない表現、「まさしく彼は〈虎〉を見た《ヴェリリィ・ヒー・ハズ・ルックト・オン・ザ・タイガー》」を耳にした。それは魔性の虎を指しており、はるか遠くからでもそれを見た者は、ことごとく破滅の憂きめを見る、なぜならば、命の尽きる日まで、すべての者が虎のことを考え続けるからだ、と教えられた。この不運な連中の一人はマイソールに逃れ、ある王宮で虎を描いたと、ある人は語った。数年後、テイラーはこの王国の監獄を視察して回った。ニトゥフールの監獄では、知事が一つの独房を見せてくれたが、その床、その壁、その円天井には、イスラーム教の行者によって、いわば無限の虎(その荒々しい色彩は、時が消し去る前の繊細なものに変わっていた)が描かれていた。この虎は、目が眩むほどの数の虎から成っていた。上を虎たちが走り抜け、虎たちが縞となっていた。多くの海やヒマラヤの山々、別の虎と見える軍兵などが含まれていた。絵の作者は何年も前にこの独房で亡くなっていた。シンドの、ひょっとするとグジャラートの生まれで、当初の目的は世界地図を描くことだった。この目的の名残りがあの怪物めいたイメージである。テイラーは、フォート・ウイリアムのムハンマド・アル＝イエメニーにこの話をした。後者は、この世に〈ザヘール〉[*1]を好まない人間はいないが、慈悲深い全能者は、二つのものが同時にそれであることを許さない、なぜならば、唯一のものだけが大衆の心を捉えるのだから、と語った。ザーヒルらしきものは常に存在し、〈無知の時代〉はヤウクと呼ばれる偶像であったが、その後、宝石をちりばめたベールか黄金の仮面を着ける、ホラサンのある預言者となった、と語った。[*2]また、神は不可知の存在である、と語った。

何度となく、私はバルラッハの論文を読んだ。私が抱いた感想について詳しく説明するつもりはない。私の救いとなるものは何もないと悟った時の絶望感、私の不運の責めを負うのは本人ではないと知った時の秘かな安堵、そのザーヒルが硬貨ではなくて大理石の欠片か虎であるあの男たちに私が抱いた羨望などを思い出すだけだ。虎について考えないのは、実に容易なことだ、と私は思った。また以下の文章を読んだ時の奇妙な不安を、私は同じように記憶しているのである。「あの『グルシャム・イ・ラズ』のある注釈者が、ザーヒルを見た者は速やかにバラを見ることになると述べ、アッタールの

『神秘の書《アスラール・ナマ》』に挿まれた詩行、すなわち、ザーヒルはバラの影でありベールの破れであある、という詩行を引用している」。

テオデリナの通夜が営まれた晩、妹のアバスカル夫人の姿が客たちのなかに見当たらないことに、私は驚いた。十月になってから、彼女の友人のひとりが教えてくれた。

「気の毒だわ。フリータはすっかり変になって、ボッシュ病院に入れられたのよ。口まで食べ物を運んでやらなきゃならないなんて、看護婦さんたちも大変ね。モレーナ・ザックマンのお抱えの運転手《ショフール》じゃないけれど、お金に取り憑かれているのですよ」

時とともに記憶は薄れるが、ザーヒルは影を濃くしていく。かつて私はその表を、次いでその裏を思い描いた。今では同時に、二つの面が見える。ザーヒルがガラスで出来ているから、そうなるというのではない。一つの面と別の面は重なってはいないのだからら。むしろ、視界が球状をなしており、ザーヒルはその中央に鎮座するという感じなの

＊1　テイラーはこの単語 zaheer を用いている。

＊2　バルラッハは、ヤウクはコーラン(七一、二三)に現われ、預言者とはアル＝モカンナ(ベールの男)であり、フィリップ・メドウズ・テイラーという驚嘆すべき通信員を除けば、それらをザーヒルに結びつけた者はいなかった、と述べている。

だ。ザーヒルでないものは、紗《さ》で透かされたように遠くに見える。冷淡なテオデリナのイメージや肉体的苦痛がそうだ。一輪の花を理解できれば、われわれは自分が何者であるかを、世界は何であるかを理解できるのではないか、とテニスンは言った。どんなにつまらない事柄でも、宇宙の歴史やその因果の無限の連鎖と関わりのないものは存在しない、とおそらく言いたかったのだ。ショーペンハウアーによれば、意志は個々の主体に完全な形で与えられるというが、これと同じように、可視的な世界も個々の表象のうちに完全な形で与えられる、とおそらく言いたかったのだろう。カバラ学者たちの理解するところでは、人間は小宇宙であり、宇宙の象徴的な鏡である。テニスンによれば、一切がそうなるという。そう一切が、耐えがたいザーヒルまでが。

一九四八年以前に、フリアの運命は私のそれになっているはずだ。食べたり着たりも他人の世話。夕方なのか朝なのか、区別がつかない。ボルヘスが何者であるか分からない。こうした末路を恐ろしいと思うのは心得違いである。それらの情況のどれ一つとして、私に働きかけはしないからだ。麻酔を掛けられた開頭手術の患者にとって、その苦痛は大きいと言うようなものではないか。私はもはや宇宙を知覚せず、ザーヒルを知覚するだろう。観念論によれば、**生きる**と**夢見る**という動詞は厳密には同義である。何千という現象から、私は一つの現象へと移行するだろう。一つのきわめて複雑な夢から、一つのきわめて単純な夢へと。他の者たちは狂人としての私を、その私はザーヒルを夢見るだろう。地上のすべての人間が昼夜の別なくザーヒルを夢見るとすれば、地上とザーヒルの、どちらが夢で、どちらが現実ということになるのだろう?

夜の人影絶えた時刻には、私もまだ通りを歩き回ることができる。朝を迎えるのはおおむね、ガライ広場のベンチに腰を下ろして、ザーヒルはバラの影でありベールの傷である、と述べられている『神秘の書《アスラール・ナマ》』のあの一節のことを考えている(考えようと努めている)時である。私はこの判断を以下の知識と結びつける。すなわち、神に没入するために、スーフィ教徒らは己れの名前と神の九十九の名前を唱える、それらが何の意味もなさなくなるまで、というのだ。私もこの道を進みたいと強く願っている。おそらく私は、ザーヒルについて考え、考え抜くことで、それを磨滅させる結果になるだろう。おそらく硬貨の背後に、神が控えているのだろう。

ウァリー・ツェンナーに

神の書跡

牢屋は地下深くにあり、石造りである。その形はほぼ完全な半球である。ただし(やはり石造りの)床は最大の円よりやや小さめで、このため何となく、押し潰されるような感じがしないでもない。一枚の仕切り壁がある。それは非常に高いのだが、円天井の上部に触れるほどではない。一方に、ペドロ・デ・アルバラドが焼き払ったカホロムのピラミッドの神官である私、ツィナカーンがいる。もう一方に、密やかな、狂いのない歩みで虜囚の時間と空間を計る、一頭のジャガーがいる。鉄格子のはまった横に長い窓が、床すれすれの位置で、中央の壁を断ち切っている。影のない時間(正午)になると、高いところにある戸が跳ね上げられ、寄る年波で影の薄くなった牢番が鉄の滑車を繰って、綱先に取りつけた水の壺や肉片などを、われわれのところまで降ろしてくれる。光線が円天井から差し込む。その一瞬だけジャガーを見ることができる。

闇のなかに横たわって過ごした年月。私はその数を忘れてしまった。かつては若くて、この牢獄のなかを歩き回ることもできた、その私が死人めいた格好で、神々が定める終わりの時をひたすら待っている。燧石《ひうちいし》のナイフでいけにえの胸を深ぶかとえぐってきたけれど、今では妖術を使わなければ、埃のなかから立ち上がることもかなわない。

ピラミッド炎上の前夜、背の高い馬から降り立った連中は、秘宝のありかを吐かせるために、焼けた鉄の棒で私を責めた。この眼の前で、神像を打ち壊したが、神は私を見捨てなかった。拷問にも屈せず、私は沈黙し続けた。私は傷つけられ、断ち切られ、体形が変わった。やがてこの牢獄で目覚めた。生きてここを出ることはあるまい。

何かをしなければ、何とか時間を埋めなければという必然の欲求に駆られて私は、闇のなかで、知っていることの一切を思い出そうとした。石の蛇の数や薬用の樹木の形などを思い出すのに幾晩も費やした。こうして歳月に耐え、こうしてすでに私のものであったものを所有していった。ある晩、私は明確な記憶に近づきつつあると感じた。海を見るその前に、旅人は血が騒ぐのを感じるものだ。数時間後に、その記憶もはっきりした形を取り始めた。それは神にまつわる伝承の一つだった。時の終わりには多くの不幸や破滅の生じることを予見して、神は創造の第一日めに、そうした悪を祓う効験のある呪文を文字にした。後の世代にまで伝わり、偶然に損われることのないように、文字にしたのだ。どこに、どのような文字で、それが書かれたかを知る者はないが、密かに生き永らえていて、選ばれた者によって読み解かれることは明らかだ。常のごとく、われわれは時の終わりに際会しており、最後の神官としての私の宿命が、あの書跡を読み解くという特権を授けてくれる、と私は考えた。牢獄に取り込まれているという事実も、その希望を損なうものではなかった。おそらく私は何千回もカホロムの碑文を見ており、あとはただそれを解読するだけなのだ。

こんな風に考えて私は勇気づけられたが、そのうちに眩暈《めまい》めいたものに襲われた。この地上という限られた場にも、さまざまな古い形、朽ちることのない永遠の形が残されている。そのどれもが探求する象徴でありえる。一つの山が神の言葉でありえる。一本の川や帝国、星たちの配置もそうだ。しかし何世紀も経るうちに山々は平らになり、川の流れはおおむね移り、かずかずの帝国が変化と荒廃を知り、星たちの描く形は変わる。天空にも変化がある。山と星は個的なもので、個的なものは衰滅する。私はより執拗な、より強固なものを求めた。穀物、牧草、鳥、人間の増殖のことを考えた。おそらく私の顔には呪文が書き込まれ、おそらく私自身がこの探求の目的であるのかも知れない。しきりに考えているうちに、ジャガーも神の属性の一つであることに思い当たった。

そしてこのとき、私の心は敬虔の念で浸された。私は、時が迎えた最初の朝を想像した。ジャガーたちの生きた皮に教えを託する私の神を想像した。ジャガーたちは洞窟や葦原、小島などで果てしなく愛し合い、仔を産んで、最後の人間たちに教えを受け入れてもらうのだ。私はまた、虎たちのあの縞が、虎たちのあの熱っぽい迷路が、一つの図柄を保つために牧場や家畜たちを脅やかしているのを想像した。牢獄のもう一方にジャガーがいた。その近くにいることで私は、自分の推測を確証するもの、ある秘められた好意のようなものを感じ取った。

斑点の順序と配列を覚えるのに、私は何年も費やした。暗黒の一日でも一度は一瞬の光を与えられるせいで、私は黄色い皮の表面にある黒い模様を意識に刻み込むことができた。あるものは点を含み、別のものは脚の内側で横縞を形づくり、さらに別のものは輪のかたちで繰り返されていた。おそらくそれらは同一の音、もしくは同じ単語なのだ。その多くが赤で縁取りされていた。

私の営みに伴う苦労については何も言わないつもりだ。あの教えを解読するのは不可能であると、円天井に向かって叫んだことも一度ではない。徐々にではあるが、私に与えられた具体的な謎よりも、神によって書かれた文章という一般的な謎のほうが気になり出した。どのような型の文章を(と私は自問した)絶対者の意識は構成するのだろう? 人間の言語にさえ、全世界を包括しない言葉はない、と私は考えた。**虎**と言えば、それを産んだ虎たち、それが貪った鹿や亀、鹿たちが食《は》んだ草、草の母となった大地、大地に光を注いだ天空を言ったことになるのだ。ある神の言語では、すべての単語があの事実の無限の連鎖を表わすはずだ、と私は考えた。それも暗示的ではなく明示的に、段階的ではなく即時的にである。時とともに、神の言葉という観念は幼稚というか冒瀆的というか、そんな風に思われた。神というものは、と私は考えた、ただ一語を発し、その一語のうちに一切を言い尽くすのだ。神によって口にされたいかなる言葉も、宇宙に劣るものであったり、時間の総和より小さいということはありえない。一つの言語に、あるいは一つの言語が包摂しえる一切のものに匹敵する、あの言葉の影というかまがいものが、人間どもの野心的だが貧相な単語、**全体**、**宇宙**＝**世界**なのだ。

ある日、もしくはある夜――私の昼と夜のあいだに区別など、果たしてありえるのか――私は牢獄の床に一粒の砂が落ちている夢を見た。無視して、ふたたび深い眠りに戻った。目が覚めて、二粒の砂が落ちている夢を見た。ふたたび深い眠りに戻った。砂が三粒になっている夢を見た。こうして砂の粒は増え続けた。ついに牢獄を埋め尽くし、この半円状の砂山の下で、私は死にかけていた。夢を見ているのだと考えた。力を振りしぼって目を覚ました。目覚めも無意味だった。無際限の砂で窒息しそうだった。何者かが私に話しかけた。目覚めてもお前は、覚醒状態ではなく、昔の夢に戻るのだ。その夢は別の夢のうちにあり、これが無際限に続くが、砂の粒の数はまさしく無際限である。お前が引き返すべき道は果てしがなく、ほんとうに目覚める前に、お前は死ぬ運命にある。

私は、途方に暮れた。砂で口が張り裂けそうだったが、叫んだ。夢に見た砂が私の命を奪えるわけはないし、夢のなかに夢があるはずがない。強い光のせいで、私は目が覚めた。頭上の闇のなかで光の輪が揺れ動いていた。牢番の顔と手、滑車、ロープ、肉片、水壺などが見えた。

徐々にではあるが、人間はその運命の型に馴染んでいく。とどのつまり、人間はそれが置かれた状況なのだ。謎解きや復讐を目指す者というより、神に仕える者というより、私は囚人であった。疲れを知らぬ夢の迷路から、わが家へ帰るように、この厳しい牢獄に戻ってきたのだ。私はその湿気を祝福し、その虎を祝福し、光の落ちてくる穴を祝福し、節々を病むわが老体を祝福し、闇と石を祝福した。

このとき、忘れることも人に伝えることもできないことが生じた。神との、宇宙との合一が生じたのだ（これら二つの言葉は、果たして別ものなのか）。法悦はそれを象徴するものを反覆しない。強烈な光のなかで神を見た者があり、一振りの剣や一輪のバラの円のなかに神を見た者がいる。私は至高の〈輪〉を見た。それは私の眼の前にも後ろにもなく、左右にもなく、同時に至るところにあった。その〈輪〉は水からできていたが、しかし同時に火でできていて、（端が見えていながら）無限であった。未来に存在し、現在に存在し、過去に存在するものの一切が絡まり合って〈輪〉を形づくり、私はそれを織り上げる経糸《たていと》の一本であり、私を拷問に掛けたペドロ・デ・アルバラドもまたその一本だった。そこに原因と結果があり、その〈輪〉を見るだけで、すべてを深く理解することができた。おお、理解する喜びよ！　想像する喜びや感受する喜びよりも、それは大きい！　私は宇宙を見、その宇宙の秘められた構図を見た。『民衆の書《ポポル・ヴフ》』が語る始源の状態を見た。水中から浮上する山々を見、木でできた最初の人間たちを見、人間たちに逆らう水甕《みずがめ》を見、人間たちの顔を裂く犬どもを見た。神々の背後にいる顔のない神を見た。唯一の幸福を形づくる無量の過程を見、一切を理解することで、私もまた虎に見られる書跡を理解するに至った。

それは、たまたま(たまたま、と思われる)十四個の文字から成る祈りの言葉であって、それを声に出して唱えるだけで、私は全能の存在になれるはずだった。それを唱えるだけで、この石造りの牢獄を消し、昼をこの私の夜に引き入れ、若さを取り戻し、不死の存在となり、虎にアルバラドを八つ裂きにさせ、神聖な短剣をスペイン人らの胸に突き立て、ピラミッドを再建し、帝国を再興できるはずだった。四十の音節、十四の単語。私は、ツィナカーンは、かつてモクテスマが支配した土地を支配するはずだった。しかし心得ている、私は決してその言葉を口にしないだろう、なぜなら、もはやツィナカーンのことも記憶にないからである。

虎たちに書き込まれている神秘の文字は、私とともに失せるがよい！　宇宙をかいま見た者、宇宙の燃える構図をかいま見た者は、人間を、人間の小さな幸不幸を考えることはできない、たとえその人間が彼自身であるとしても。その人間はかつて彼自身であったが、それも今ではどうでもよいことだ。あの他者の運命が彼にとって、どうだというのだ。あの他者の生国《しょうこく》が、どうだというのだ、今の彼はただの人なのだから。それ故、私はあの呪文を口にせず、それゆえ、私は暗闇のなかに横たわりつつ、日々の忘失に身を任せているのだ。

エマ・リッソ・プラテロに

アベンハカン・エル・ボハリー、おのが迷宮に死す。

……それらは家を作る蜘蛛に比すべき者である。

『コーラン』二十九の四十

「ここが」と言いながらダンレイヴンは、雲間をゆく星々も拒まず、黒っぽい荒野や海、崩れかけの厩舎にも似た豪壮だが老朽化した建物さえ抱き込む、大げさな身振りをした。「先祖伝来の土地だよ」

連れのアンウィンは唇からパイプを離し、小さな同意の声を発した。一九一四年、夏の初めの午後のことだった。危険に伴う尊厳を見失った世界に愛想の尽きた友人たちは、コーンウォールというこの辺地の侘しさをむしろ楽しんでいた。ダンレイヴンは黒い顎ひげを蓄えていて、同時代人はおおむね正しく読めないし、本人もまだ主題がはっきりしないが、重要な叙事詩の作者を自任していた。アンウィンは、フェルマーがディオフアントスの著述のあるページの余白に書き尽くさなかった定理についての研究を公表していた。いずれも――これを言う必要があるかどうか――若くて、夢見がちで、情熱的であった。

「四半世紀ほど昔のことだと思う」と、ダンレイヴンが口を切った。「確かナイルの流域に住む一部族の首長、あるいは王だったアベンハカン・エル・ボハリーが、その館の中央にある広間で、いとこのサイードの手に掛かって死んだ。長い年月が経ったが、彼が死んだときの状況は相変わらず謎だよ」

アンウィンは穏やかにその理由を尋ねた。

「いくつか理由がある」と答えが帰ってきた。「一つ、あの館は迷宮をなしている。二つ、一人の奴隷と一頭のライオンが見張っていた。三つ、隠されていた財宝が消えた。四つ、暗殺が生じたときには暗殺者は死んでいた。五つ……」

アンウィンはうんざりして相手の話をさえぎり、次のように言った。

「謎の数を増やすのはよせ。こいつは単純なはずだよ。ポーの盗まれた手紙を思い出すといい。ザングウィルの密室を思い出すといい」

「いやぁ複雑かも」と、ダンレイヴンが応じた。「宇宙を考えてみろよ」

いくつも砂丘を上り下りして、彼らは問題の迷宮に辿り着いた。間近で見るそれは、真っ直ぐでほとんど果てしなく続く、上塗りされていない煉瓦造りの、人間の背丈を僅かに越える、一枚の壁のような感じがした。ダンレイヴンは、壁は円の形をしているが、その面積が広すぎて湾曲しているのが分からないのだ、と言った。アンウィンはニコラス・デ・クザーヌスの名を持ち出したが、この人物にとっては、あらゆる直線は無限の円の弧であり……。真夜中ごろになって、二人は崩れかけた扉を発見した。それは何も見えなくて危険な玄関の間に通じていた。ダンレイヴンは、館の内部には多くの十字路があるが、かならず左へ曲がって行けば、一時間と少しで網目の中心に達するだろう、と言った。アンウィンは同意した。用心深い足音が石の床に響いた。廊下はさらに狭い別のものに枝分かれしていった。館は二人を窒息させたがっていると思われた。とにかく天井が低かった。二人は入り組んだ闇のなかを一列になって進んだ。アンウィンが前を歩いた。壁はでこぼこで角ばっていた。手に触れる眼に見えない壁は果てしなく続いていた。闇のなかをのろのろと進みながら、アンウィンは友人の口からアベンハカンの死にまつわる話を聞いた。

「僕の記憶でいちばん古いのは、おそらく」と、ダンレイヴンは語った。「ペントリースの港で見たアベンハカン・エル・ボハリーのものだろう。黒人とライオンがあとを追っていた。間違いなく、この眼が拝んだ最初の黒人、最初のライオンだった、聖書の石版画のものは別にして。あのころの僕は子供だった。しかし、太陽の色をした猛獣や夜の色をした男も、アベンハカンほど強い印象を与えなかった。背がひどく高く感じられた。青白い肌、半ば閉じたような黒い眼、高い鼻、分厚い唇、黄色っぽい顎ひげ、逞しい胸、しっかりした静かな足取り。彼はそんな男だった。家に戻ってから、僕は言ったな。船で、王様が来たよ、ってね。そのあと、左官たちが仕事に取り掛かったのを見て、称号を引き伸ばして〈バベルの王様〉と呼んだのさ。

他所者《よそもの》がペントリースに住み着くという話は大いに歓迎されたが、その館の広さや形はみんなを驚かし、呆れさせた。一軒の家が一室しかなくて、何マイルも廊下が続くというのが、許せなかったのだろう。ムーア人のあいだなら、そういう家も一般的だろうが、キリスト教徒のあいだでは、どうも、とみんなは言った。われわれの教区司祭のアラビー師は、変わった本をよく読んでいる人だったが、迷宮を造ったために神に罰せられた王様の話を拾い出してきて、説教壇で披露した。月曜日に、アベンハカンが司祭館を訪れた。短い話し合いの細かいことは、当時は分からなかった。いずれにせよ、その後の説教は傲慢の罪に触れることはなく、ムーア人は左官を雇うことができた。何年か経って、アベンハカンが亡くなると、アラビーは話し合いの内容を警察に明かした。

アベンハカンは突っ立ったまま、おおむね次のようなことを言ったらしい。《私のしていることを非難することは、誰にも出来ない。私の名誉を傷つけている罪はまことに酷いもので、たとえ私が〈神の最後の御名〉を何百年も唱え続けようと、それによって、この苦しみのただ一つさえ和らぐことはないだろう。私の名誉を傷つけている罪はまことに酷いもので、たとえ私がこの手であなたの命を奪っても、それによって、無限の〈正義〉に振り当てられた拷問がさらに重くなるものではないだろう。どの土地でも、私の名前が知られていないということはない。私はアベンハカン・エル・ボハリー、鉄の笏《しゃく》をもって砂漠の諸部族を支配してきた。長年、いとこのサイードの助けをえて、その諸部族を搾取してきたが、神は彼らの苦痛の叫びを聞きとどけ、諸部族の反乱を許された。私の手の者は破れて刺し殺された。私は収奪の長い年月のうちに蓄えた財宝を持って、どうにか逃れることができた。ある岩山の麓の聖者の墓に、サイードは私を案内した。私は奴隷に、砂漠の方向を見張るように命じた。サイードと私は疲れきって眠った。夜中だったと思う、私は網のようにもつれた蛇たちの夢を見た。恐怖で目が覚めた。明け方の光のなか、傍らでサイードが眠っていた。蜘蛛の巣が肌に触れたせいで、あのような夢を見たのだ。小心者であるサイードがそんな風に熟睡しているのが、私は口惜《くや》しかった。財宝は莫大とは言えない、サイードがその一部をよこせと言うかもしれない、と考えた。銀の柄《つか》の短剣を腰に帯びていたので、それを抜き、サイードの喉を切り裂いた。死の苦悶のなかで、彼は訳の分からぬことを呟いた。私はその顔を見つめていた。やがて彼は息を引き取った。しかし私は、彼が起き上がるのを恐れて、その顔を石で潰せと奴隷に命じた。その後、私たちは炎天下をさまよい、ある日、海を望むことができた。非常に高い船が往き来していた。死人も波の上は渡れないだろうと考えて、私は別の土地に移ることにした。船上で迎えた最初の夜、この手でサイードを殺している夢を見た。すべてが再現されたが、彼が口にした言葉が理解できた。**いま私を消そうとしているようだが、どこに行こうと、私もお前を消してみせるぞ**、と彼は呟いたのだった。私はこの脅しを失敗に終わらせてやろうと思った。彼の亡霊が途方に暮れるように、迷宮の中心に身を潜めることにした》

これだけ言うと、アベンハカンは帰っていったんだよ。アラビーは、このムーア人は頭が変なのだ、馬鹿げた迷宮はその狂気の象徴であり、明白な証拠である、と考えることにした。さらにその後、こうした解釈は奇妙な建物や奇妙な物語には適合するが、人間アベンハカンが残していった印象には合わない、と考えた。あの種の話は、おそらく、エジプトの砂漠地帯ではありふれたものなのだろう。あの種の不思議は(プリニウスの竜の場合のように)、おそらく、個人ではなく文化に対応するものだろう……。アラビーはロンドンに赴き、「タイムズ」のバックナンバーを調べた。反乱と、その結果としてのエル・ボハリーの、小心者として聞こえたその大臣の敗北が真実であることを確認できた。

アベンハカンは、左官たちの仕事が終わるやいなや、迷宮の中心に腰を落ち着けた。彼の姿を町で見かけることは、もはやなかった。アラビーは時折、サイードが彼に近づき、命を奪ったのではないかと心配した。毎晩のように、風がライオンの咆哮をわれわれのもとに運んできた。囲いのなかの羊たちは昔ながらの恐怖に駆られ、固く身を寄せ合った。

東部の港を出てカーディフやブリストルに向かう船が、この小さな湾によく停泊したらしいね。例の奴隷は迷宮(思い出したが、そのころは、ピンクではなく深紅に塗られていた)から下りてきて、アフリカ系の言葉で船員たちと話をした。彼らのなかに、王のいう亡霊を探し求めているように見えた。噂によると、こうした船は密輸品を積んでいた。禁制の酒や象牙が積荷ならば、同じように、死体が積まれていても、別におかしくないだろう。

館が建てられてから三年後に、ローズ・オブ・シャロン号が連なる丘のかげに錨を下ろした。僕は、帆船を実際に見たわけじゃない。おそらく、アブキールかトラファルガーの海戦の、今は忘れられた石版画の類いが、あの帆船について僕が抱くイメージに影響しているのだろうが、船大工の仕事というより、普通の大工の、普通の大工よりは指物師の仕事としか思えない、あの実に手の込んだ船の模型のようだったという気もする。帆船は(現実はともかく、僕の夢のなかでは)つやつやで、黒っぽくて、音を立てず、速かった。アラビア人やマレー人が乗り組んでいた。

帆船が投錨したのは、十月のある日の早朝だった。日の暮れるころ、アベンハカンがアラビーの住居に駆け込んできた。ひどく怯えていた。サイードが迷宮に闖入して、奴隷もライオンも殺された、と訴えるのがやっとだった。当局の保護が受けられるだろうかと、真顔で尋ねた。しかしアラビーが返事をするまえに、この住居に連れ込まれることになった、あの同じ恐怖に駆られたように、ふたたび、そしてこれを最後に帰っていた。書斎に取り残されたアラビーは呆れて、あの臆病者がスーダンの鉄の部族をよく支配できたものだ、戦いがどういうものか、殺戮がどういうことか、彼は弁えていたのだろうかと思った。翌日には、帆船は(あとで調べがついたことだが、紅海のスアキンに向けて)出航していた。なすべき義務は奴隷の死を確かめることだと思い、アラビーは迷宮に出向いた。エル・ボハリーが喘ぎながら話したことは妄想だと思っていたのだが、廊下の曲がり角の一つでライオンに出くわした。ライオンは死んでいた。別の曲がり角で奴隷に出くわしたが、これも死んでいた。中央の広間でエル・ボハリーに出くわしたが、その顔はめちゃめちゃに潰されていた。この男の足元に、螺鈿《らでん》をちりばめた櫃が転がっていた。何者かが錠をこじ開けたらしく、一枚の金貨も見当たらなかった」

　話の最後のほうは、雄弁術のすすめる間をたっぷり取った、向こう受けを狙うものだった。ダンレイヴンはこの話を同じように重々しい口調で、何度もしたことがあるのではないか、結果は同じように惨めなものに終わったのだろうが、とアンウィンは思った。しかし、いかにも興味ありげに訊いた。

「ライオンと奴隷の死に方は、どうだった?」

度しがたい陰険さを秘めた、満足げな声が応じた。

「連中も顔を潰されていたよ」

足音に雨の音が加わった。アンウィンは、話に出てきた迷宮の〈中央の広間〉で寝ることになるぞ、そうした嫌な経験も記憶のなかでは、一夜の冒険で済まされるだろう、と思った。しかし、それを口にはしなかった。ダンレイヴンがしびれを切らし、借金を厳しく取り立てでもするように、訊いた。

「納得いかないことはないだろ、この話？」

独りごとでも言うように、アンウィンが答えた。

「納得がいくか、いかないか、僕には分からない。ただ、嘘くさいな」

ダンレイヴンは声を荒げて、教区司祭の長男（アラビーはどうやら亡くなっていた）とペントリースの全住民の証言もあると言った。ダンレイヴンに劣らずうろたえて、アンウィンは謝った。暗闇のなかなので、時間がいっそう長く感じられた。二人は道を間違えたのではと心配した。疲れきったころに、上から射しこむかすかな光で、狭い階段の最初の数段が眼に入った。不運な王の抱いた恐怖を示すものが二つ残っていた。荒地や海を見下ろす細い窓と、階段の描く曲線の上の床に口を開けている揚げ板である。部屋は広いが、監獄の独房にそっくりだった。

雨のせいというよりは、記憶にとどめて話の種にしたいというつもりで、友人たちはその晩を迷宮で過ごすことにした。数学者は安眠できたが、詩人はそうはいかなかった。どう考えても恐ろしいとしか言いようのない、詩が頭から離れなかったのだ。

淫らで逞しいライオンに顔なく《フェイスレス・ザ・サルトリィ・アンド・オバーパワーリング・ライオン》、
打たれた奴隷に顔なく《フェイスレス・ザ・ストリックン・スレイブ》、王に顔なし《フェイスレス・ザ・キング》。

アンウィンは、エル・ボハリーの死には自分は関心がないと思い込んでいたのだが、目が覚めた時には、その謎を解けたと確信していた。その日は一日じゅう、難しい顔で考え込んでいた。謎の駒をくっつけたり、ばらしたりしていた。三日か四日後の夜、ダンレイヴンをロンドンのあるパブに呼び出して、おおむね次のようなことを言った。

「コーンウォールでは、君から聞かされた話は嘘だと言った。さまざまな**事実**は確かなものだった、というか確かなものでありえた。しかし君のような話し方をされると、明らかに嘘になってしまう。色々あるけれど最大の嘘、とうてい信じられない迷宮。まずこれから始めよう。逃亡者は迷宮に身を隠しはしない。海沿いの高い所に迷宮を、船乗りたちが遠くから見ることのできる赤い迷宮を建てたりしない。宇宙そのものが迷宮だから、迷宮を建てる必要はないんだ。ほんとうに身を隠したいと思う人間にとっては、このロンドンのほうが、建物の廊下のすべてが通じている望楼よりも、迷宮として優れている。いま僕が君の判断に委ねている、このまともな考えは一昨夜、僕らが迷宮に降りそそぐ雨の音を聞きながら、眠りの訪れを待っていた時に閃いたのさ。僕はそれを戒めや教訓として、君の話の非常識なところは忘れ、理にかなったことを考えようとしたんだ」

「つまり集合論とか四次元の空間とか」と、ダンレイヴンが言った。

「そうじゃない」と、アンウィンは生まじめに答えた。「僕が考えたのは、クレタの迷宮だよ。その中心が牛頭の人間であった迷宮だよ」

推理小説に詳しいダンレイヴンは、謎の解決はいつも謎に劣ると思った。謎は超自然的なもの、いや神聖なものさえ含んでいる。解決は、手妻《てづま》のようなものだ。避けられぬ事態を先送りするために、ダンレイヴンは言った。

「メダルや彫刻でも、ミノタウロスは牛頭だな。ダンテは、牛身と人頭のものを想像したけれど」

「そういう姿でも構わないんだ、僕は」と、アンウィンは同意した。「肝心なのは、奇怪な家屋と奇怪な住民との対応だよ。ミノタウロスは迷宮の存在を十二分に正当化する。アベンハカンが夢のなかで感じた強迫については、誰も同じようには言えないだろう。ミノタウロスのイメージが思い浮かんだ時点で(迷宮が存在する場合、この想起は必然的だよ)問題は実質的に解決されていた。しかしだね、僕は卒直に言おう。あの古代的なイメージが鍵だとは分からなかったんだ。だから君の話によって、より正確なシンボル、蜘蛛の巣が与えられる必要があった」

「蜘蛛の巣だって?」と、ダンレイヴンは戸惑いながら訊き返した。

「そうだよ。蜘蛛の巣(蜘蛛の巣の普遍的なイデア、つまりプラトンの蜘蛛の巣)が暗殺者に(暗殺者がいるのだから)その犯行を教唆したことも、僕にとっては少しも不思議ではない。君は覚えているだろう。エル・ボハリーが墓のなかで絡まり合った蛇たちの夢を見たこと、そして目覚めた時、蜘蛛の巣がこの夢を生んだことを。エル・ボハリーが網めいたものを夢に見た、あの夜に戻ってみようよ。敗残の王と大臣と奴隷は財宝を持ち出して、砂漠に逃れる。ある墓に身を隠す。大臣は眠る。われわれは、彼が小心者であることを知っている。王は眠らない。われわれは、彼が大胆な男であることを知っている。王は、財宝を大臣と分け合いたくないので、短剣で切りつけて命を奪う。その亡霊が夜な夜な夢に現れて、王を脅かす。以上のようなことだが、こんな話は信じられない。僕の考えでは、事実はまったく別だった。あの夜、大胆な男である王は眠り、小心者のサイードは眠れなかった。眠るという行為は世界を忘れることだが、忘れろと言っても、抜き身の剣で追われていると弁えた者には、これは難しい。サイードは欲に駆られて、眠る王の上にのしかかる。王の殺害を考えた(おそらく、短剣を抜いた)。しかしその勇気がなかった。奴隷に声を掛けて、財宝の一部を墓に隠したあと、スアキンに、イギリスに逃亡した。エル・ボハリーから身を隠すためではなく、エル・ボハリーをおびき寄せて殺害するために、赤い壁の高い迷宮を海を見下ろすところに築いた。船がヌビアの港々に、赤銅色の肌の男、奴隷、ライオンなどの評判を運んでいくだろうと、そして遅かれ早かれ、エル・ボハリーが迷宮のなかの彼を探しにやって来ると踏んだのだ。網の目のいちばん奥の廊下では揚げ板が待っていた。エル・ボハリーは大臣を軽蔑しきっていた。少しも警戒などしないだろう。待ちわびていた日がやって来た。アベンハカンはイギリスの地を踏み、迷宮の入口に辿り着いて、何も見えない廊下をうろうろした。おそらく、あの階段を昇りかけたとき、揚げ板のうえから、大臣によって撃ち殺されたのだ。一発でかどうか、こいつは分からないが。そして奴隷がライオンを殺し、その奴隷も別の一発で殺されたはずだ。そのあとサイードは石で三つの顔をたたき潰す。そうせざるをえなかった。顔の潰れた死者が一人では、その身許が問題になるだろう。しかし猛獣と黒人と王とは級数をなしており、最初の二つの項が与えられれば当然、最後の項は導き出せるわけだ。アラビーと話し合った時、あの男が怯えていたのも不思議ではない。恐ろしい仕事を果たしたばかりだし、財宝を取り戻すために、イギリスから逃げ出すつもりだったのだから」

アンウィンの話のあとに思案と不信を潜ませた沈黙が続いた。ダンレイヴンは意見を述べる前に、ビールを一杯注文した。

「僕も認めるよ」と、彼は言った。「僕のアベンハカンはサイードかもしれない。その種の変身は、と君は言いたいのだろう、このジャンルの古典的な手法であり、読者もその順守を要求する純粋な約束事だよね。僕がどうしても認められないのは、財宝の一部がスーダンに残されたという推測だ。サイードが王や、王の敵たちから逃げていたということを、思い出してくれ。財宝の一部を埋めているサイードより、全部を持ち去ろうとする彼のほうが想像しやすくはないか。金貨が見つからなかったのは、おそらく、金貨が残っていなかったせいだ。左官たちへの払いで、大金も消えてしまったのさ。こいつはニーベルンゲンの赤い金とは違って、無尽蔵ではなかった。そういうわけで、僕らのアベンハカンは海を渡って、無駄遣いした財宝を取りもどそうとしたんだよ」

「無駄遣いってことは、ない」と、アンウィンが言った。「彼を捕え、殺す目的で、異教徒たちの土地に煉瓦造りの、円形の、大がかりな罠を仕掛けるのに使ったのだから。サイードは、君の推理が正しければ、欲得ではなく、憎悪と恐怖に駆られて行動した。財宝を盗んでみたものの、すぐに気づいた。財宝は自分にとって重要なことではないと。重要なのは、アベンハカンが死ぬことだと。彼はアベンハカンになりすまし、アベンハカンを殺し、ついにアベンハカンとなった」

「そうだよ」と、ダンレイヴンは同意した。「彼は流浪の身となったが、ある日、死んで無に帰する前に、己れもかつては王であったと、いや王を装うこともしたと、思い出すに違いないのだ」

二人の王と二つの迷宮[*1]

信頼に値する者たちの語るところによれば（しかしアラーはこれ以上のことをご存知である）、遠い昔、バビロニアの島々を統べる王があって、臣下の建築方と妖術師を呼びつけ、しんじつ賢い者ならば入ろうとは思わない、そして入った者はかならず迷うほど複雑で、精妙な迷宮の造営を命じた。この建物は大変な騒ぎのもととなった。この世の者を惑わし驚かすのは、人間ではなく神の為すべきことであるからだ。時が経って、アラブ人らの王がこの宮廷を訪れた。バビロニアの王は（この客人の素朴さを愚弄する気で）迷宮の奥に招き入れた。日の傾くまで、客人は屈辱と困惑に悩まされながらさ迷った。ついに神の助けを乞い、出口に辿り着いた。その口から不平が洩れることはなかった。しかしバビロニアの王に、自分もアラビアにこれに優る迷宮を構えており、神の御心にかなえば、いつかお目に掛けたい、と言うのを忘れなかった。彼は直ちにアラビ

＊1　これは教区司祭が説教壇で披露した話である。一六二ページを参照のこと。

アに帰り、隊長や城主らを呼集してバビロニア王国の各地を劫掠《こうりゃく》した。武運めでたく多くの城を攻め落とし、多くの敵兵を倒し、王自身を捕えた。この王を足の速い駱駝《らくだ》の背に乗せて、砂漠へ連れていった。三日間も駱駝を走らせてから、申し渡した。

「おお、時の王であり、世紀の実体にして象徴である者よ！　汝はバビロニアにおいて、多くの階段、扉、壁のある青銅の迷宮で余が迷うことを望んだ。全能の神は今、余の迷宮を汝に披露することを快くお許しになった。そこには、昇るべき階段も、押し開くべき扉も、辿るべき辛い回廊も、汝《いまし》の行く手をはばむ壁もない」

そう言うと、バビロニアの王の縛めを解き、砂漠に置き去りにした。バビロニアの王は飢えと渇きで息絶えた。死を知らぬかの者に栄《は》えあれ！

待ち受け

北西部のその通りの四〇〇四番地で、馬車は男を降ろしてくれた。まだ午前九時になっていなかった。埃をかぶったプラタナス、それぞれの根元の四角い地面、小さなバルコニーの付いた上品な家々、近くの薬局、ペンキ屋と金物屋の色あせた菱形の窓などを眺めて、嬉しそうにうなずいた。病院の長く切れ目のない壁が正面の歩道に立ちはだかっていた。はるか遠くの温室で、朝日が照り返していた。こうしたもの(この時点では夢のなかで見られるものと同じように、秩序もへったくれもなく、たまたまそこに在る、いい加減なもの)も時が経てば、神の御心にかなえば、不変の、必然的な、身近なものになるに違いない、と男は考えた。薬局のショーウインドーに、ブレスラウアー、と読める陶器の看板があった。クリオージョを追いだしたイタリア人をユダヤ人が追いだしはじめたのだ。そのほうがいい。男は、同じ血の流れる者たちと顔を合わせたくなかった。

御者がトランクを下ろすのを手伝ってくれた。ぼうっとした、いや疲れたような感じの女が、やっとドアを開けてくれた。御者はその台のうえから、硬貨の一枚を突き返した。メロのホテルに泊ったあの晩からポケットにあった、ウルグアイの硬貨である。男は四十センタボを渡したのだが、すぐに思った。〈みんなの気を引かないように行動しなければならないのに、二つもミスを犯した。よその国のお金を渡したことと、へまを悔やんでいるのを悟られたことだ〉

女のあとについて、玄関のホールと最初の中庭を横切った。予約しておいた部屋は、うまい具合に、二番めの中庭に面していた。ベッドは鉄製だが、職人の思いつきで、葡萄の小枝や葉っぱが奔放な曲線を描いていた。そこにはまた、丈のあるパイン材の衣裳入れ、ナイト・テーブル、一番下の段まで本の詰まっている棚、二脚の不ぞろいな椅子、金だらいや水差しや石けん入れの揃っている洗面台、曇りガラスの大瓶などがあった。ブエノスアイレス州の地図と十字架が壁を飾っていた。壁紙は赤で、尾を広げた大きな孔雀《くじゃく》が何羽も描かれていた。一つだけのドアは中庭に面していた。トランクを入れるために、椅子の位置を変えなければならなかった。万事これでよしと言わんばかりに、止宿人はうなずいた。女に名前を訊かれて、ヴィラーリ、と答えた。密かな挑戦というものでもなかった。また、それほどでもない屈辱感を少しでも和らげようというつもりでもなかった。ただ、この名前が頭から離れないから、他のものは思い浮かばないからだった。彼は、敵の名前を使うのはひょっとして詐欺ではないか、というような洒落たことを、まかり間違っても考える男でなかった。

最初のうち、ヴィラーリ氏は外に出なかった。何週間か経ってやっと、あたりが暗くなるころ、外出するようになった。それも、ほんとに短時間。ある晩、三ブロックほど離れたところにある映画館に入った。座席の最後列より先には決して移らなかった。上映の終わる直前に、かならず席を立った。暗黒街を扱った悲話をよく観た。おそらくそこでは、さまざまな過ちが語られていたのだ。おそらくそこには、彼自身のこれまでの生活をそのまま語る映像が含まれていたのだ。ヴィラーリ氏は、そうしたものを気にも留めなかった。芸術と現実との一致などという考えは、しょせん彼には無縁であったから。お話を楽しむことを素直に心掛けた。眼の前のお話がこれからどうなるか、それを読もうとした。小説を読み馴れた者たちとは違って、自分を作中人物と重ね合わせることは決してなかった。

彼のもとには一通の手紙も、いや一枚のチラシも来なかった。しかし彼は、どういうつもりか、新聞のある欄をよく読んでいた。夕方になると、椅子の一つをドアにもたせかけて、隣りの二階建ての家の壁を這っている蔦《つた》を眺めながら、しかつめな顔でマテ茶をいれていた。記憶のなかで日々は似かよったものになりがちである、しかし監獄や病院ではなおさらだが、驚きを与えてくれない一日、日に透かして見れば小さな驚きの網の目でない一日はない。孤独な歳月によって、彼はそんなことを教えられたのだった。これまでのとじこもりでは、日数と時間を数えるという誘惑に屈したけれども、この度のそれは違っていた。終わりというものがないからだ。ある朝、新聞がアレッサンドロ・ヴィラーリの死の報せをもたらすならばともかく。ヴィラーリがすでに死んでいる可能性もあるが、そのときは、自分の人生は一場の夢ということになる。この可能性は不安をもたらした。それが救いとなるか、不幸をもたらすか、よく分からなかったからだ。どのみち馬鹿げていると呟き、その可能性を否定した。遠い昔は、と言っても、時間よりはむしろ二、三の取り返しのつかない出来事で隔てられた、遠い昔の意味だが、彼もやみくもに多くを手にしたいと思った。この強い意志のせいで仲間の憎しみを買い、ある女の愛をえた。しかし、今はこれといって望むものはない。ただ、生き延びたい、これで終わりたくない、と思うだけだ。マテ茶の風味、安タバコの味、徐々に中庭を浸していく影の先っぽ。こんなものが十分な刺激となった。

その家には、年老いた猟犬がいた。ヴィラーリ氏はそれと仲良しになった。スペイン語で、イタリア語で、少年時代を送った田舎の方言の僅かに残った単語で話しかけた。ヴィラーリ氏は、思い出や将来の希望とは無縁の、単なる現在に生きようと努めた。彼にとって前者は後者ほどの意味を持たなかった。漠然とではあるが、過去こそ時間を形づくる実質であり、したがって時間はいち早く過去となることを直観しえた、と信じた。彼の疲労感も、ある日、幸福感に似たものに変わった。その瞬間の彼は、犬よりはるかに複雑な存在というわけではなかった。

ある晩、口の奥の激しい痛みに襲われ、がたがた震えた。この恐ろしい出来事は数分後に、さらに明け方に再発した。翌日、ヴィラーリ氏は馬車を呼ぶように頼んだ。馬車はオンセ地区の歯科医院の前で彼を降ろした。そこで彼は虫歯を抜かれた。こうした折の彼は、他の者たちに比べて臆病でも、冷静でもなかった。

さらにある晩、映画館から戻る途中で、何者かに背中を押されたような気がした。むっとして、かっとなって、内心ほっとして、彼は失礼な男のほうに向き直った。品の良くない言葉を浴びせた。相手は呆気に取られて、小さな声で詫びた。背が高くて、若くて、髪の黒い男で、ドイツ系らしい女が連れだった。ヴィラーリ氏はその晩、あの二人に見覚えはないと、口のなかで繰り返したが、それでも四日か五日が過ぎるまでは、表に出ようとしなかった。

棚の本のなかに、アンドレオリの注釈付きの古い『神曲』があった。好奇心より義務感めいたものに駆られて、ヴィラーリはこの大作を読むことにした。食前に一つの歌を、食後に注を厳密に順を追って読んだ。地獄の責め苦をありえないとも、ひどすぎるとも判断しなかった。ウゴリーノの歯がルッジェーリの首筋に噛みついて放さない最後の圏に、ダンテがこの自分を追いやったとも思わなかった。

赤い壁紙の孔雀たちが執拗な悪夢のもとになっているような気がした。しかしヴィラーリ氏は、絡み合っている生きた鳥たちからなる、奇怪な四阿《あずまや》を夢見ることは決してなかった。明け方には決まって、背景は似ているが状況が異なる夢を見た。二人の男とヴィラーリがピストルを構えて部屋に入るとか、二人がヴィラーリ氏を映画館の出口で襲うとか、三人が同時に、ヴィラーリ氏の背中を押した見知らぬ青年であるとか、中庭に入り込んで、情けなさそうな顔で待ち伏せているが、どうやらヴィラーリ氏の顔は知らないとか……。夢を見終わると、彼はピストルをすぐ傍のナイトテーブル（実際に、ここにピストルは蔵《しま》われていた）から取り出して、男たちに発砲した。この火器の轟音で目が覚めるのだが、それは常に夢であり、別の夢で攻撃が繰り返され、さらに別の夢で、ふたたび男たちを殺す羽目になった。

天気の悪い七月のある朝、見知らぬ男たちの出現によって（開いたドアの音のせいではなかった）ヴィラーリ氏は眼が覚めた。部屋の淡い闇のなかに突っ立った男たち。淡い闇のせいで奇妙に単純化された影（恐ろしい夢のなかでは常に、より鮮明であったもの）。警戒して身じろぎもせず、武器の重みで背が曲がったように下を向いた、執念深い男たち。アレッサンドロ・ヴィラーリと見覚えのない手下は、やっと居場所を突き止めたのだ。ヴィラーリ氏は身振りで待ってくれと頼み、また眠ろうとするように壁のほうへ寝返りを打った。そうすることで、殺しに来た連中のお情けを乞うたのだろうか？それとも、恐ろしい事態を想定し、切りもなく待ち続けるよりは、それに向き合うほうが楽だと思ったのか？　それとも——おそらく、これが最も真実に近いだろう——おなじ場所で、おなじ時刻に、これまで何度もあったように、殺人者たちが夢であればと願ったのか？

魔法をかけられたようなこの状態で、ヴィラーリ氏は掻き消えた、銃声とともに。

門口の男

ビオイ＝カサレスがロンドンから持ち帰った短剣はおかしな代物で、刃は三角、柄《つか》はHの形をしていた。われわれの友人であり、ブリティッシュ・カウンシルに勤務するクリストファー・デューイに言わせると、この種の武器はヒンドスタンで一般に用いられているらしい。彼はこの御卓説に調子づいて、両大戦間に、あの国で仕事をしたことがあると付け加えた。(彼がこの時、夜明けとガンジスの彼方《ウルトラ・アウロラム・エト・ガンゲン》、とユウェナリスの詩を間違えて、ラテン語で引用したのを私は記憶している)。あの夜の彼がしたさまざまな話をつづり合わせて、以下の物語をさせてもらおうと思う。私のテクストは事実に沿うたものになるのだが、アラーよ、ささやかな状況描写を添えたり、キップリングからの借用を含めて、物語の異国情緒を誇張したりという、あの誘惑から私を護りたまえ。あえて言わせてもらうが、この物語は、失うには惜しい古風で素朴な味わい、おそらく『千一夜物語』風のそれを備えている。

＊

これから話す出来事の正確な地理は、ほとんど意味がない。さらにブエノスアイレスで、アムリツァーやウドゥといった地名が正しく発音される保証はどこにもない。というわけで、そのころイスラーム教徒のある都市で暴動が頻発し、中央政府は有力な人物を派遣して秩序の回復を図った、と言えば足りる。この人物はスコットランドの出身で、名の聞こえた軍人の一族に属しており、先祖伝来の暴力がその血に含まれていた。私のこの眼が彼を拝んだのは一度だけだが、その黒々とした髪、高い頬骨、物欲しげな鼻と口、広い肩、ヴァイキング風のがっしりした体格などを忘れることはないだろう。デイヴィッド・アレグザンダー・グレンケアン。今夜の、私の物語のなかでは、彼をそう呼ぶことにしよう。二つの名前は彼にふさわしい。鉄の王笏《おうしゃく》でもって国を治めた王たちのものだから。デイヴィッド・アレグザンダー・グレンケアン(彼をこう呼ぶのに慣れる必要がありそうだ)は、察するに、他を威服する型の人間だった。その来着の報が流れただけで、都市は平静に復したが、それによって、彼が強圧的な手段を取るのを控えたわけではない。数年が経った。その都市、その地方は平和だった。シーク教徒とイスラーム教徒は昔からの反目から解放された。ところが突然、グレンケアンが姿を消した。当然だが、誘拐されたとか殺害されたとかいった噂が立った。

こうした事実を知ったのは、上司を通してである。検閲が厳しくて、新聞もグレンケアンの失踪を論評しなかった（記憶によれば、報道さえしなかった）。インドは世界より広大なり、とことわざも言っている。一枚の命令書の下の署名によって派遣された都市では、おそらく全能であったグレンケアンも、大英帝国の複雑な行政機構の一齣でしかなかったのだ。地方警察の捜索はまったく無駄だった。上司は、私人のほうが警戒されないし、よい結果が得られるだろうと考えた。三日か四日後に（インドでは日時の違いなど大したことではない）、私はあまり期待もせずに、一人の男を失跡させた陰険な都市の街々を歩き回った。

ほとんど即座に、私はグレンケアンの所在を隠そうとする陰謀が広く存在していることに気づいた。

秘密を知らない、そしてそれを守る誓いを立てなかった人間は（と私は推察することができた）、**この都市には一人もいない。**大多数が尋問されても、何も知らないと答えた。グレンケアンが何者であるか知らなかった。彼の姿を見かけたことがなかった。彼の噂を耳にしたことさえなかった。ところが他の連中は、十五分ほど前に、彼が誰それと話をしているのを見かけたと言い、この二人が入っていった家まで案内さえしてくれたが、その家の者たちは二人について何も知らないか、二人はたった今、そこを出ていったかであった。まことしやかな嘘をつく、そういう連中の一人の顔に拳固を一発お見舞いしたこともある。それを見ていた者たちは私の鬱憤《うっぷん》ばらしを認めながら、さらに別の嘘をでっち上げた。私はそうした嘘を信じなかったが、それに耳を閉ざすつもりもなかった。ある日の午後、所番地が書かれている紙きれの入った封筒が私に宛てて……。

私がたどり着いた時、すでに日は傾いていた。そこは貧しい庶民の街だった。家の軒はひどく低かった。土の中庭がいくつか続いているのが歩道から見えた。奥のほうが明るかった。突き当たりの中庭で、イスラーム教の祭りらしいものが催されていた。赤味がかった木製のリュートを抱えて、盲人が入っていった。

ひどく年取った男が、まるで物のようにじっとして、門口の私の足元にうずくまっていた。男の様子について話しておこう。この物語の肝心かなめのところだから。流れが石を、何世代もの人間が格言を磨きだすように、長い年月によって男はすり磨かれていた。長いぼろ着がその体を覆っている、と私には思われた。その頭に巻かれたターバンもまたぼろ切れだった。黒い顔と真っ白な顎ひげの目立つ男は、夕闇のなかで私を見上げた。もはや希望はすべて捨てていたからだが、私は前置きぬきでデイヴィッド・アレグザンダー・グレンケアンの話をした。男は理解できなかった(おそらく聞いてもいなかった)。それが裁判官の名前であり、捜索の対象である、と私は説明しなければならなかったが、そうした言葉を口にしながら痛感したのは、この老いぼれに物を尋ねても無意味だろうということだった。彼にとっての現在は漠としたざわめきでしかないのだから。**暴動かアクバルに関する情報なら、この男も提供できるだろう**(と私は考えた)、**しかしグレンケアンについては無理だ。**彼の話を聞いて、私はこの思いを強くした。

「ああ、裁判官!」と彼は叫んだ、微かな驚きを声に滲ませて。「姿を消したので、みんなが捜している裁判官だな。事件が起こったのは、わしが子供のころだ。日付などは覚えていないが、ニカル・セイン(ニコルソン)もデリーの城壁の前でまだ死んでいなかった。過ぎ去った時は記憶のなかに残る。あの折に起こったことを、わしは間違いなく呼び戻すことができる。神は怒りを覚えながらも、人間たちの堕落を黙認していた。彼らの口は呪詛で、錯誤や欺瞞であふれていた。しかし、みんなが邪悪であるというわけではない。この土地でイギリスの法律を執行する人間を、女王が派遣する旨の告知がなされると、さほど悪意のない者たちは喜んだ。法律のほうが無秩序よりましだと思ったから。そのキリスト教徒がやって来た。間を置かずに汚職と禁圧が始まった。憎むべき罪に手心を加えたり、判決さえ金で売ったりした。最初は、われわれも彼を咎《とが》めなかった。彼が管掌するイギリス流の裁判について知る者はなかった。新任の裁判官の職権乱用と思われるものも、おそらく、秘めた正当な理由に基づいているのだろう。**すべてはあの者の書物に然るべき根拠があると**、われわれは考えようとしたが、世間にざらにいる悪質な裁判官たちとあまりにも似ているので、ついにわれわれも、彼が単なる悪党であることを認めざるをえなかった。彼はやがて暴君と化し、哀れな民衆は(かつて彼に託したあだな期待の仕返しに)彼を誘拐して裁判にかけることを考えるようになった。それを口にするだけでは足りない。計画は実行に移さなければならない。ひどく単純な人間たち、あるいはひどく若い連中はともかく、その無謀な計画が実現可能であると信じる者は、どうやら一人もいなかった。ところが、何千ものシーク教徒やイスラーム教徒がその誓いを果たした。ある日、各自が不可能であると思っていたことを実行したのだ、信じ難いことだが。連中は裁判官を誘拐し、牢屋のつもりで、遠い町外れの作小屋に監禁した。そしてその後、彼から不当な扱いを受けた者たちや、(ある場合には)孤児や寡婦たちまで呼び出した。あのころは刑吏の剣が休むことはなかったからだ。最後に――これが最大の難事であった、おそらく――裁判官を裁くための裁判官の選任が行われた」

家のなかに入っていく女たちのために、ここで話が中断された。

やがて、老人はのんびりした口調で話を続けた。

「よく知られているように、秘かにこの世界を支え、主《しゅ》の前でもそのために弁ずる、四人のこころ正しい者を欠いた世代は存在しない。そうした者たちの一人であれば、申し分のない裁判官たりえたろう。しかし、どこを探索すればいいのだ？　この世界の至るところに身を潜めている。無名の人であって、顔を合わせてもそれとは分からない。彼ら自身が果たすべき崇高な使命を意識していない。というわけである男が考えた。もし運命がわれわれに賢者を授けるのを拒むのであれば、むしろ愚者を求めるべきではないか？　この意見が大勢を占めた。コーラン学者、法学者、獅子の名をいただき唯一神を信仰するシーク教徒、多数の神を奉ずるヒンズー教徒、宇宙の形は脚を開いた男のそれであると説くマハービーラ僧、拝火教徒、黒人系のユダヤ教徒などなどが法廷を構成することになったが、最後の判決はある狂人に委ねられた。

祭りから去っていく者たちのため、ここで彼の話は中断された。

「狂人のだ」と、彼は繰り返した。「神の叡知《えいち》がその口を借りて語り、人間の傲慢さを恥じ入らせるためだ。狂人の名前は忘れられた、いや一度として知られることはなかった。いずれにせよ狂人は裸で、あるいはぼろをまとって街をさまよいながら、親指でもって手の指をかぞえ、木々に向かって愚弄の言葉を吐きかけた」

私の良識はこの話を受け入れなかった。狂人に決断を委ねるのは審理を無効にすることでは、と私は言った。

「被告はこの裁判官を承認した」というのが返事だった。「おそらくこう理解したのだ。仮に被告が釈放されたら、陰謀に加担した者たちは危険に曝されるのだから、死刑の宣告を受けたくなければ、この狂人を当てにするしかないと。裁判官が何者であるかを教えられた時、被告は大笑いしたと聞いている。証人が大変な数に上ったために、審理は昼夜を問わず何日も続いた」

老人はここで沈黙した。心に引っかかるものがあったのだろう。ただ何となく、私は日数のことを尋ねた。

「少なくとも十九日だ」と、老人は答えたが、祭りから去っていく人たちのせいで、またもや話は中断された。イスラーム教徒らは酒は禁じられているはずだが、どの顔も、どの声も、酔っ払いのものとしか思えなかった。一人が通りすがりに何か叫んだ。

「いや、きっかり十九日だった」と、老人は言い直した。「異教徒の犬は宣告を聞いた。短剣がその喉を裂いた」

残酷な喜びに満ちた声でそう言った老人は、やがて口調を変えて、次のように話を締めくくった。

「彼は、恐れることなく死を迎えた。どんなに下劣な人間でも、一つくらいはいいところがあるものだ」

「今の話は、どこで起こったことですか？」と、私は尋ねた。「作小屋ですか？」

老人は初めて私の眼を見た。それから言葉を選びながらゆっくりと説明した。

「すでに言ったとおり、作小屋には監禁されたのであり、そこで裁かれたのではない。裁きはこの市で行われた。その辺の、ここと変わりのない家で。家と家とが異なることなどありえない。肝心なのは、その家が建てられているのが地獄か天国かを知ることだ」

私は、陰謀に加担した者たちのその後について訊いた。

「知らん」と、老人はいらだちをおさえて答えた。「こうしたことが起こり、忘れられたのも、ずいぶん昔のことだ。おそらく連中は罰せられた、神によってではなく、人間たちによって」

これだけ言うと、老人は立ち上がった。老人の言葉は別れのそれであり、この瞬間から、私は老人にとって存在しないも同然なのだと、私は悟らされた。パンジャブのすべての種族の男女からなる群衆が、祈りながら、歌いながらこちらに押し寄せた。私たちは押し流されたと言ってよかった。縦長の玄関ホールよりは少しましだが、いかにも狭い中庭から、あれほど多くの人間が出てきたことに、私は驚いていた。さらに近所の家々からも人があふれた。きっと塀を乗り越えて……。突き飛ばしたり、口汚く罵ったりして、私は道を切りひらいた。突き当たりの中庭で、黄色い花の冠をいただいた裸の男に出会った。皆が男にくちづけし挨拶していたが、その手には一振りの剣があった。グレンケアンに死を授けたために、剣は汚れていた。そして奥の馬小屋で、私は四肢を断たれた死体を見た。

アレフ

おお神よ、たとえ胡桃の殻に閉じ込められようと、無限の天地の王者と思える男だ、この私は。

『ハムレット』II・2

しかし、彼らはわれわれに、〈永遠〉とは〈現在〉の〈静止〉であり、（スコラ学派が言うところの）静止した今《ヌンク・スタンス》である、と教えるであろう。彼らも、他のいかなる者も、そのことを理解できない。〈空間〉の〈無限大〉を指す静止するここ《ヒック・スタンス》を理解できないのと同じである。

『リヴァイアサン』IV・46

ベアトリス・ビテルボがつかのまの感傷に浸り恐怖に屈する余裕もない、臨終の時をへて亡くなった、あの二月の蒸し暑い朝、私は気づいた。コンスティトゥシオン広場の鉄製の広告板に、高級タバコのポスターらしきものが新しく貼り出されていたのだ。私はただ悲しかった。止まることのない広い世界がすでに彼女から遠ざかりつつあること。これは無限に生じるものの最初の変化であること。こうしたことを悟らされたからだ。世界は変化するだろう、しかし私は違うぞ。悲哀と見栄のはざまで、私はそう思った。私の虚しい献身が彼女を苛立たせたことが、かつてあったことは知っている。彼女が亡くなった今は、希望もないが屈辱感を味わうこともなく、彼女の思い出に耽ることができる。四月三十日は彼女の誕生日である。その日にガライ街の屋敷を訪れて、その父親と、そのいとこのカルロス・アルヘンティノ・ダネーリに挨拶するのは、礼儀にかなった、申し分のない、おそらく欠くことのできない行為だろうと、私は考えた。またもや、ごたごたした狭い応接間の暗がりで待たされるだろう。またもや、そのおびただしい肖像の細部をじっくり眺めることになるだろう。カラーで撮った、ベアトリス・ビテルボの横顔。一九二一年の謝肉祭の、仮面を着けたベアトリス。ベアトリスの最初の聖体拝領。ロベルト・アレッサンドリとの結婚式の日のベアトリス。ジョッキー・クラブで昼食をとる、離婚から間もないベアトリス。デリア・サン・マルコ・ポルセルやカルロス・アルヘンティノと一緒のベアトリス。ビジェガス・アエードから贈られた狆《ちん》を抱いたベアトリス。頬杖を突いて微笑んでいる、やや横向きのベアトリス……。これまで何度もあったように、本というささやかな贈り物を訪問の口実にする必要もないだろう。本と言えば、数か月たっても手つかずであるのを見るのが嫌で、しまいには、ページを切って渡すという遣りくちを覚えたものだった。

ベアトリスが亡くなったのは一九二九年。私はこの年から、四月三十日にはかならずその屋敷を訪れることになった。私は、七時十五分にそこに着いて、二十五分ほど留まった。一年ごとに姿を現わす時間が少し遅くなり、そこに留まる時間も少し延びた。一九三三年、叩きつけるような雨が幸いして、夕食に招かれる結果になった。当然のことだが、私はこの先例を無駄にしなかった。一九三四年、八時を過ぎてから、サンタフェ名物のアーモンドケーキを持参して訪れ、自然な成り行きで夕食まで留まった。こうして、およそ色恋とは無縁の陰気な記念日に顔出ししているうちに、徐々にカルロス・アルヘンティノ・ダネーリの信頼を得ることになった。

ベアトリスは背が高く、華奢《きゃしゃ》で、やや猫背だった。その歩き方には、(いわゆる撞着語法《オクシモロン》が許されるならば)優雅な無骨さのようなもの、自己陶酔の原則が伴っていた。カルロス・アルヘンティノは血色がよくて、大柄で、白髪で、表情の優しい男だった。南部も町はずれにある妙な名前の図書館で、あまりぱっとしない職務に就いているらしい。偉そうにしているが、実は無能である。つい最近まで、夜間や祭日には外出を控えていた。二世代を経ているはずだが、イタリア式発音のS、やはりイタリア流の大仰な身振り手振りが、彼には残っている。その精神の働きは持続性に富み、熱意にあふれ、活潑だが、成果はゼロである。やくたいもない比喩をもてあそび、らちもない些事にこだわる。（ベアトリスもそうだったが）長くて細っそりした、綺麗な手をしている。数か月もポール・フォールに夢中になっていたが、そのバラードに魅了されたわけではない。その難癖のつけようのない世俗的な成功に引かれただけだ。「彼こそフランス詩の王者だよ」と、彼は自信たっぷりに言った。「彼に逆らっても無駄。君の放つ毒矢が彼に届くことはない」

一九四一年四月三十日に、私はケーキに国産のブランデーを添えてみた。カルロス・アルヘンティノは味見をし、なかなかのものだと言い、何杯か飲んでから、現代人を称揚する一席をぶち始めた。

「私が思い描くところの現代人は」と、彼は妙にはずんだ声で、「いわば大都市の望楼である書斎に腰を据えていて、電話や、電信器や、蓄音機や、無線電信機や、映写機や、幻灯機や、語彙集や、時刻表や、便覧や、公報などなどの備わったそこは……」

こうした能力を賦与された人間にとって、もはや旅行は不要である。われわれの二十世紀はムハンマドと山の寓話を変えてしまった。今では、現代人たるムハンマドに、山のほうから押しかけてくるのだ、と彼は言った。

この思想はいかにも低劣であり、その表現はいかにも大仰かつ空疎であるという印象を抱かされた私は、直ちにそれを文学と結びつけた。なぜ文章にしないのか、と訊いた。予想どおりの答えが返ってきた。すでにしているというのだ。ああした考え、さらに同様に斬新な考えが「予告の歌」、「序言の歌」、もしくは単に「序歌」と呼ぶべきものに組み込まれているというのだ。これが付された詩篇は何年も前から、広告《レクラム》めいたことも、けたたましい大騒ぎもせず、仕事と孤独という二本の杖をもっぱら頼りにして、書き継いできたものらしい。まず想像力の水門をいっぱいに開き、次にやすりで磨きをかけた。詩篇の題名は『地球』である。この惑星を描写しているわけだが、もちろんそこには、生彩に富む余談や派手やかな頓呼法などは欠けてはいなかった。

短いものでよいから、一節を読んでくれないか、と私は頼んでみた。彼はデスクの引き出しの一つを開けて、ファン・クリソストモ・ラフィヌル図書館というレターヘッドの入った、分厚い原稿の束を取りだし、楽しそうに、朗々と読み上げた。

私は、ギリシア人《びと》のように、人間たちの住む都市を、
苦難を、光うつろう日々を、飢餓を見てきた。
私は事実を曲げないし、名前を偽りもしないが、
語る船の旅《ヴォワヤージュ》は、いわば……わが部屋を巡るもの《オトゥル・ド・マ・シャンブル》である。

「あらゆる点から見て、興味深い詩連だよ」と、彼はのたもうた。「第一行は、世評の大半を占めるはんぱな物知りではなく、教授、アカデミー会員、ギリシア学者といった連中の賛辞を得られるはずだ。第二行は、ホメーロスからヘーシオドスへと移行し(この、いわば真新しい建造物の正面に掲げられた、教訓詩の父に捧げる秘かな敬意にほかならないが)、列挙、畳用、凝集のように聖書に始まる技法を蘇らせることも当然やっている。第三行は――バロック趣味か、デカダン趣味か、純粋かつ狂信的な形式尊重か――二つの等しい半句から成り立っている。第四行は明らかに二か国語で書かれていて、遊びごころの露骨な誘いに応じえる、すべての精神の無条件の支持を保証してくれる。一風変わった押韻と学殖については、ここでは触れない。これは僅か四行のなかに、

（衒学的な趣向とは関わりなく！）三千年にわたる豊かな文学を包摂する、学問的な、三つの引用を盛り込むことを可能にしてくれた。つまり、第一は『オデュッセイア』、第二は『労働と日々』、第三は、サボアの人の筆のすさびがわれわれに残した、不滅の、小著にほかならない……改めて思うのだが、近代の芸術は笑いという慰めを、スケルツォを必要としている。まさにゴルドーニの言うとおりだ！」

彼はさらに多くの詩連を読み上げて、やはり自讃し、たっぷり自注を加えた。これらの詩連に記憶に値するものはなかった。最初のそれに比べて大きく劣ると判断したわけでもないが、彼の詩作には勤勉、諦念、偶然の三者が関わっていた。ダネーリがあれらの詩連にあると主張した美点は、いわば後付けであった。私の理解するところでは、この詩人の苦心は詩そのものにはなく、詩が賞賛されるための理由づけにあった。当然、その種の事後の手入れは作品を改変することになる。他人にとってはともかく、詩人にとっては。ダネーリの朗読ぶりは見事なものだったが、韻律法上の不備のせいで二、三の例を除いて、その見事さを詩篇に伝えられずにいた。[*1]

私は生涯にただ一度、『ポリオルビオン』の一万五千行を精読する機会に恵まれた。この風土記めいた叙事詩のなかでマイケル・ドレイトンは、イギリスの動物相、植物相、水圏、山岳、軍隊および修道院の歴史などなどを記録しているのだ。私の確信するところでは、この大部の、しかし内容は限定された作物も、カルロス・アルヘンティノによる長大な、同種の企てに比べれば退屈ではない。この男は円い地球の全体を詩にしようと意図していた。すでに一九四一年には、クイーンズランド州の数ヘクタール、オビ川の一キロ以上の流れ、ベラクルスの北のガスタンク、コンセプシオン教区の主要な商店、ベルグラノのオンセ・デ・セティエンブレ街にあるマリアナ・カムバセレス・デ・アルベアルの別宅、ブライトンの有名な水族館からそう遠くないトルコ風呂の店を片づけていた。その詩篇のうちでも苦心の作、オーストラリア地域を取り上げた数節を読んでくれたが、その長ったらしくて形の揃わない十二音綴詩《アレクサンドラン》は、序詩に比べて心を動かすものが欠けていた。

知るがいい。ありきたりの道標の右手で
(無論、北北西から来たとしての話)
退屈している骸骨——色?　青白だ——が
羊囲いに納骨堂の趣きを与えている。

「二つの大胆な表現が」と、彼は感激して叫んだ。「それにもかかわらず成功している、と呟いた、その声が聞こえた。ごもっとも、ごもっとも。一つは形容詞で rutinario（ありきたりの）だ。確かにそれは、牧畜や農業につきものの、避けがたい退屈さを、さりげなく《アン・パサン》、あげつらっている。農事詩とか、われわれの傑作『ドン・セグンド』とかも、決してあからさまに批判はしなかった退屈さをだよ。もう一つは、力強い散文的表現である se aburre una osamenta（退屈している骸骨）だ。気取り屋ならぞっとして顔を背けるだろう。しかし、男らしさが売り物の批評家なら大いに珍重するはずだ。さら

＊1〔二〇一ページ〕　しかし私は、拙劣な詩人たちを厳しく批判した一篇の風刺詩の、以下の数行を記憶に留めている。

この者は詩に博識という甲冑を着用させ、
かの者は美々しさ、華やかさを添える。
両者は愚かな翼を虚しく打ち合わせ……
心せよ。美というものを忘れては！

情け容赦のない強力な敵の一隊を生み出すのを恐れて（と彼は私に打ち明けた）、彼は気楽に詩篇を公表しなかったのだ。

に言えば、この詩行の全体がきわめて出来が良い。二番目の半句は読者相手に賑やかなお喋りを始める。読者の生々とした好奇心の先を越して、その口から問いを発せさせ、それを満足させる……即座に。「青白」という私の思いつきは、どう思う？　この奇抜な新語は青天を暗示している。オーストラリアの風景のきわめて重要な因子たる空を。こうした連想が働かなければ、スケッチの色彩があまりにも暗いものになり、読者は本を閉じてしまうだろう。癒しがたい、黒ぐろとした憂鬱さに、その魂のそれこそ奥深いところを傷つけられてね」

真夜中ごろ、私は辞去した。

二週間後の日曜日、ダネーリが電話してきた。初めての経験だったと思うが。四時に会おうと彼は言った。「スニーノとスングリ——覚えているだろう、うちの家主だよ——が先を見越して近くの町角に開いたサロン・バーで、一緒にミルクでも飲もう。この店は知っておいて損はないと思う」。喜んでというのではない。行かないわけにもと思って私は承知した。空いたテーブルを見つけるのが難しかった。〈サロン・バー〉なるものは、いかにもモダーンだが、予想よりほんの少し俗悪でない程度のものだった。近くのテーブルでは興奮した客たちが、スニーノとスングリが特に値切りもせずに投資したお金のことを話題にしていた。カルロス・アルヘンティノは、（すでに知っていたはずだが）照明装置とやらの見事さに驚いてみせた。そして少し厳しい口調で言った。

「君の好みじゃないかもしれないけど、この店がフロレス街の気取った店と肩を並べるものであることは、認めざるをえないじゃないか？」

その後、彼は自作の詩の四、五ページを改めて読み上げた。人目を引きそうな語彙をという良からぬ魂胆から、手直しが加えられていた。以前は「青みがかった」と書かれていたのが、今度は「青みを帯びた」「青やかな」、そして「青っぽい」というように、さまざまな書き換えがなされていた。「乳のような」という単語も彼にとってそう不愉快なものではないのに、慌《あわただ》しい羊毛の洗い場の描写に、わざわざ「乳のごとき」「牛乳まがいの」「乳液ようの」「乳汁よろしき」などをむしろ好んだ。批評家たちをも厳しく攻撃しながら、その後やや手を緩めて、その批評家たちを「宝物を鋳造する貴金属はもとより、蒸気式のプレス、圧延機、硫酸などを備えていないが、他人に宝物のありかを教えることのできる」人間になぞらえた。引き続いて、あの「天才中の天才が『ドン・キホーテ』の軽妙な前置きのなかで揶揄した」序ぐるいを批判したが、それでも新作の冒頭には派手な序文が、力量なり才幹なりの備わった物書きの署名という後ろ楯が、必要であることを認めた。さらに、その詩篇のうちの最初の数歌の公表を考えていると付け加えた。それを聞いて私は、この妙な電話の呼び出しの意味を理解した。この男は衒学的な愚作に序文を寄せるよう求めるつもりなのだと。私の予想ははずれた。つまり、カルロス・アルヘンティノは妬ましさと敬意の入り混じった口調で、アルバロ・メリアン・ラフィヌルがあらゆる分野で博している名声は確固たるものがある、と評しても的はずれではないと思うが、私が仲介の労を取るならば、この文人が喜んで詩篇に序を寄せてくれるのは間違いない、と言ったのだ。およそ許しがたい失敗を避けるために、私は二つの疑う余地のない美点、すなわち形式の完璧さと内容の厳密さを代弁しなければならない、「なぜならば、比喩と文彩と雅語からなるこの広やかな園生《そのふ》では、厳密な真理と合致しないような細部は一つとして認められない」からだった。さらに彼は、ベアトリスはいつもアルバロと楽しい時を過ごしていた、と付け足した。

私は引き受けた。喜んで引き受けた。本気であることを示すために、月曜日ではなく木曜日、作家クラブの例会後にかならず行われる、ささやかな夕食会でアルバロと話をしようと、細かな説明までした。（実は夕食会などないのだが、例会が木曜日に行われることは確かで、この事実は、カルロス・アルヘンティノ・ダネーリも新聞で確かめることができ、私の言葉にも現実味を与えるものだった)。私は、いかにも見込みのありそうな口調で、序文の話を切りだす前に、作品の風変わりな構想について説明しておこう、と言った。彼と別れた。ベルナルド・デ・イリゴジェン街への角を曲がりかけて、冷静に、自分に残された二つの未来について考えた。(a)アルバロと話をし、ベアトリスの例のいとこ(こういう説明的な言い方をすれば、彼女の名前を口にすることもできるだろう)が詩を書いたが、それは、可能性としての音調の悪さと内容の乱れを、極限まで押し進めたと思われる代物である、と打ち明けること。(b)アルバロと話をしないこと。私にははっきりと予測できた、面倒なことは嫌いなので(b)を選ぶだろうと。

金曜日の朝から、電話が気になり始めた。もはや帰らぬベアトリスの声を、いつの日か伝えたこともあるこの機器が、あの欺かれたカルロス・アルヘンティノ・ダネーリの無意味な、そしておそらく怒りに満ちた苦情を受け付けるものに成り下がるかと思うと、私は腹が立った。幸い、何事もなかった——厄介なことを頼んでおきながら、私のことを忘れているあの男に抱いて然るべき恨みは別にして。

やがて電話への不安は消えたが、十月の末になって、カルロス・アルヘンティノからそれが掛かってきた。彼はひどく興奮していた。最初は、彼の声だと分からなかった。

彼は悲嘆と怒りの入り混じった声で、あの分を心得てないスニーノとスングリが彼の屋敷を取り壊そうとしている、あの大きなケーキショップをさらに拡張するというのが、その理由だ、とぼやいた。

「私の両親の家、私の家、ガライ街の古い、由緒ある家だよ！」語呂の良さで悲しみを紛らすように、彼はそう繰り返した。

ともに嘆く。これは私にとって、さほど難しいことではなかった。四十を過ぎれば、すべての変化は時の流れの呪わしい象徴にほかならない。さらに言えば、あれは永遠にベアトリスと結びついた屋敷なのだ。私は、このきわめて微妙な点について話し合いたいと思ったが、相手は耳を藉《か》そうとしなかった。スニーノとスングリがその馬鹿げた計画をあくまで実現したいというのであれば、顧問弁護士のスンニ博士が直ちに《イプソ・ファクト》損害賠償を要求し、十万ペソを支払わせるだろう、と彼は言った。

スンニという名前は私の注意を引いた。カセロス街とタクアリー街の角にある彼の事務所は、堅実な仕事ぶりが評判だった。この事務所がすでに訴訟を引き受けたのか、と私は尋ねた。今日の午後、相談するつもりだとダネーリは答えた。しばらく躊躇《ちゅうちょ》してから、われわれがごく内密なことを打ち明ける際によく使う、あの坦々とした、人ごとのような口調で、詩を完成させるためにも屋敷が必要である、地下室の片隅に〈アレフ〉が存在するのだから、と言った。その説明によれば、〈アレフ〉とは点のすべてを含む空間の一点であるという。

「食堂の地下室にあるんだよ」と、彼はいかにも切なげな口ぶりで付け加えた。「それは、私のもの、私のものなんだ。子供のころ、学校に上がる前に、この私が見つけたんだ。地下室の階段は急で、おじたちからは降りることを禁じられていた。ところが誰かが、地下室には「ムンド」があると教えてくれた。あとで知ったのだが、それは「トランク」の意味だった。けれども私は、それを「世界」が存在すると解したのだった。秘かに下に降りようとした。禁じられた階段で足を滑らせ、転がり落ちた。眼を開けると、〈アレフ〉が見えた」

「〈アレフ〉がかね？」と私はおうむ返しに訊いた。

「そうだ。あらゆる角度から見た、地球のあらゆる場所が、混じり合うことなく、存在している場所だよ。私はこの発見を誰にも教えなかった。けれど、もう一度そこへ行ってみた。子供に分かるはずはないんだね。そんな特権が与えられたのは、大人になって詩を書くためだったとは。スニーノやスングリごときに奪われてたまるか。何がなんでも嫌だ！　スンニ博士が法典を手に、私の〈アレフ〉は譲渡不可能のものであることを証明してくれるだろう」

私は理屈っぽく訊いた。

「しかし、その地下室は非常に暗くはないのか？」

「真理はかたくなな知性には受け入れられない。仮に地上のすべての場所が〈アレフ〉のうちに在るとすれば、そこにはつまり、すべての光明、すべての灯火、すべての光源が在るわけだ」

「これからそれを見にいこう」

断られないうちに、私は電話を切った。一つの事実を確認すれば、直ちに、それまで疑いもしなかった、一連の出来事が納得できるはずだ。カルロス・アルヘンティノは狂人であると、その時まで考えもしなかったことに私は驚いた。ついでだが、あのビテルボ一族はみんな……。（私自身がよく繰り返すのだが）ベアトリスは冷徹と言ってもよい知性の持ち主であったが、しかしその底には、病理学的な解明が必要ではないかと思われる無頓着、散漫さ、冷淡さ、残酷さそのものなどが潜んでいた。カルロス・アルヘンティノの狂気に、私は意地の悪い喜びを覚えさせられた。本心を言えば、私たちは常に憎み合ってきたのだ。

ガライ街では、メイドに待つように言われた。あの坊やは、いつものことだが、地下室で写真の現像をしていたのだ。無用のピアノのうえに置かれた、花の活けてない花瓶のわきで、ベアトリスの大きいが色褪せたポートレートが(時代錯誤的というより非時間的な)微笑みを浮かべていた。誰にも見られるはずはなかったので、切ない愛のしるしに、私はそれに近づいて訴えた。

「ベアトリス、ベアトリス・エレーナ、ベアトリス・エレーナ・ビテルボ、愛するベアトリス、永遠に消えたベアトリス、私だよ、ボルヘスだよ」

その直後に、カルロスが入ってきた。そっけない口の利きかただった。〈アレフ〉の喪失のことしか念頭にないのが分かった。

「そのコニャックもどきを一杯ひっかけたら」と、彼は命令するように言った。「地下室に潜ってもらいたい。分かっていると思うが、仰臥位を取らなければならない。暗闇、不動の姿勢、眼の焦点合わせといったことも必要だ。タイルの床に横になり、例の階段の十九段めに注目する。私はその場を去る。揚げ板をおろす。君は一人きりになる。ねずみか何かに驚かされるかもしれないが、簡単なことだ！　二、三分後には〈アレフ〉が拝める。錬金術師やカバラ学者のいう小宇宙、少のなかの多《ムルトゥム・イン・パルウォ》という格言の具体化した、われらが友が！」

食堂に入ってから、彼は付け加えた。

「仮に見えなかったとしても、その君の無能のせいで私の証言が失効するわけのものでも……さあ、下に降りて。まもなく君は、ベアトリスのすべてのイメージと語り合えるんだ」

彼のくだらないお喋りにうんざりしていたので、私は急いで下に降りていった。階段より少し広いというだけの地下室は、まるで井戸だった。私は眼を凝らして、カルロス・アルヘンティノに聞かされたトランクを捜したが、無駄だった。酒瓶の入った箱や布の袋がいくつか、片隅に置かれていた。カルロスが袋の一つを取り上げて折りたたみ、然るべき場所に置き直した。

「枕とも言えない代物だが」と、彼は言い訳した。「私がこれを一センチでも高くすれば、何も見えなくなってしまう。君は赤っ恥を掻くことになる。その大きな図体を床に横たえて、十九段めを数えるんだ」

私は、彼のくだらない要求に従った。彼はその場を離れた。揚げ板を慎重に降ろした。

しばらくして細い隙間に気づいたが、ほとんど真っ暗闇のように感じられた。突然、私はこの身に迫る危険を意識した。狂人に毒を盛られたあと、生き埋めにされたのだ。カルロスの威丈高な態度の背後には、私が奇跡を眼にすることへの恐れが潜んでいた。カルロスは自分の錯乱を否定するために、自分が狂っていることを認めたくないために、**この私を殺さざるをえないのだ**。私は何となく気分が悪くなった。身動きもままならぬ状態のせいにしようとした。麻酔薬の作用ではなく……。私は、眼を閉じた。眼を開けた。そして〈アレフ〉を見た。

ようやく今、私はこの物語の、いわく言い難い核心に達した。私の作家としての絶望はここに始まる。あらゆる言語は、その使用が対話者たちの共有する過去を前提とした、象徴のアルファベットである。私の怯懦な記憶では追いきれないこの無涯の〈アレフ〉を他の人間たちに、いかに伝えればいいのか？　似たような状況で、神秘主義たちは表象を多用する。あるペルシア人は、神を表象するために、何らかの意味ですべての鳥である一羽の鳥について語った。アラヌス・デ・インスリスは、その中心は至るところに在るが円周はどこにもない球体について語った。予言者エゼキエルは、同時に東西南北を向いている、四つの顔の天使について語っている。（こうした途方もない類比を思い起こすのも無意味ではない。〈アレフ〉と何らかの関わりがあるのだ）。私自身による等価的なイメージの発見を、おそらく神々は否定しないだろう。しかしその表現は文学趣味に毒され、いかがわしさを伴うだろう。さらに、部分的にもせよ、無限の全体の列挙という肝心かなめの問題は解決されない。その膨大な一瞬のうちに、私は喜ばしい、あるいは恐ろしい何百万もの行為をこの眼で見たのだ。何よりも私を驚かしたのは、重積や透過といった現象もないのに、すべてが同一の点を占めていることだった。私のこの眼が見たのは、同時的に存在するものだった。私がこれから書写するものは継起的になるだろう。言語が継起的なものだから。それでも私は、なにがしかを捉えることはできるだろう。

階段の下のほうの右手に、耐え難いほどの光を放つ、小さな、虹色の、一個の球体を私は見た。最初は、回転していると思った。すぐに、その動きは、球体の内部の目まぐるしい光景から生じる、幻覚に過ぎないことを知った。〈アレフ〉の直径は二、三センチと思われたが、宇宙空間が少しも大きさを減じることなくそこに在った。すべての物（たとえば、鏡面）が無際限の物であった。なぜならば、私はその物を宇宙のすべての地点から、鮮明に見ていたからだ。私は、波のたち騒ぐ海を見た。朝明けと夕暮れを見た。

アメリカ大陸の大群集を見た。黒いピラミッドの中心の銀色に光る蜘蛛の巣を見た。崩れた迷宮(これはロンドンであった)も見た。鏡を覗くように、間近から私の様子を窺っている無数の眼を見た。一つとして私を映すものはなかったが、地球上のあらゆる鏡を見た。ソレル街のとある奥庭で、三十年前にフレイ・ベントスの一軒の家の玄関で眼にしたのと同じ舗石を見た。葡萄の房、雪、タバコ、金属の鉱脈、水蒸気、などを見た。熱帯の砂漠の凹地や砂粒の一つ一つを見た。インヴァネスで忘れられない一人の女を見た。乱れた髪を、驕りたかぶった裸を見た。乳房の癌を見た。以前は木が植えられていたが、歩道の土の乾いた円を見た。アドロゲーの別荘を、かのフィレモン・ホランドの手になる、プリニウスの英訳の初版本を見た。あらゆるページのあらゆる文字を同時に見た(子供のころの私は、閉じた本の文字たちが、夜のうちに、混ざり合ったり消えたりしないのが不思議でならなかった)。夜を、同時に昼を見た。ベンガルの薔薇の色を映しているかのような、ケレタロの落日を見た。無人の、私の寝室を見た。アルクマールの書斎で、無限に増幅させていく二枚の鏡に挟まれた地球儀を見た。カスピ海の夜明けの浜辺で、たてがみを振り乱した馬たちを見た。ある手の華奢な骨組みを見た。ある戦闘の生存者たちが葉書を書き送るのを見た。ミルザプルのショーウインドーで、スペイン式のトランプの一組を見た。温室の床に斜めに落ちた羊歯の影を見た。虎、ピストン、バイソン、波濤、軍勢を見た。地上に棲むすべての蟻を見た。ペルシアの天文儀を見た。ベアトリスがカルロス・アルヘンティノに差し出したものだが、内容の淫らな、信じられない、詳しい手紙の類い(筆跡だけでも私は震える)を、デスクの引き出しの中で見た。チャカリタで慕わしい墓碑を見た。かつては麗わしのベアトリス・ビテルボであった人の、恐ろしげな残存物を見た。私のどす黒い血液の循環を見た。愛のからくりと死の変容を見た。あらゆる点から〈アレフ〉を見た。〈アレフ〉に地球を見た。ふたたび地球に〈アレフ〉を、〈アレフ〉に地球を見た。自分の顔と自分の内臓を見た。君の顔を見た。そして眩暈《めまい》を覚え、泣いた。なぜならば私の眼はあの秘密の、推量するしかない物体をすでに見ていたからである。人間たちはその名をかすめたが、誰ひとり視てはいないもの、およそ想像を絶する、宇宙を。

私は限りない敬意を、限りない悲哀を感じさせられた。

「呼ばれてもいないのに鼻を突っ込んで、それで面喰らっている」と、憎らしい声が嬉しそうに言った。「いくら脳みそを搾っても、この大発見の返礼は百年かかってもできはしないよ。どうだい、ボルヘス。素晴らしい展望台だろう!」

カルロス・アルヘンティノの足は階段の最上段にあった。にわかに射し込んだ淡い光のなかで、私は苦労して立ち上がり、呟いた。

「素晴らしい！　ほんとに素晴らしい！」

自分の声が冷やかなのに、私は驚いた。カルロス・アルヘンティノは焦って、しつこく言った。

「すべてがカラーで、よく見えたんだろ？」

その瞬間、私は報復を思い立った。愛想のよい、いかにも気の毒そうな、神経質な、逃げ腰めいた態度で、カルロス・アルヘンティノ・ダネーリに対して、地下室の件についてその好意を謝した後、屋敷の取り壊しをこれ幸い、誰ひとり、いいかね、誰ひとり免れることのできない、悪の巣窟の首都を去るように勧めた。私は、穏やかだがきっぱりとした口調で、〈アレフ〉について議論するのを断わった。別れぎわに彼を抱きしめ、田園と静閑さこそ二大名医であると繰り返した。

表に出て、地下鉄のコンスティトゥシオン駅の階段に立った私には、みんなの顔が馴染みのものに思われた。私は恐れた、もはや何物もこの私を驚かすことはないのではないかと。私は恐れた、あとは繰り返しという印象がけっして私から離れないのではないかと。幸い、数日眠れない夜が続いたものの、ふたたび忘却が私の救いとなった。

一九四三年三月一日の追記。ガライ街の屋敷の取り壊しから六か月後、プロクスト書店は大部の詩篇の長ながしさに恐れをなさずに、「アルゼンチン断章」の一部を世に問うた。結果はここで繰り返すまでもなく、カルロス・アルヘンティノ・ダネーリは国民文学賞の第二席を授かった。[*1] 第一席はアイタ博士に、第三席はマリオ・ボンファンティ博士に与えられた。信じがたいことだが、私の『いかさま師のカード』は一票も獲得できなかった。またもや無理解と嫉視が勝利を収めたのだ！　ずいぶん前からダネーリに会えないでいる。新聞の伝えるところでは、彼はまもなく新作を出すらしい。(もはや〈アレフ〉に妨げられることのない)彼の幸運な筆は、アセベド・ディアス博士の著作の要旨を韻文化することに捧げられていたのだ。

私はここで二つの注釈を付け加えておきたい。一つは〈アレフ〉の本性に、もう一つはその名称に関わるものだ。後者は、周知のとおり、神聖な言語のアルファベットの最初の文字の名称である。私の物語という円環へのその適用は偶然的なものではない。カバラにとって、その文字は〈エン・ソーフ〉を、無限定かつ純粋な神聖を意味する。それはまた、天と地を指さす人間の形をしており、下界が上界の鏡であること、地図であることを示す、などとも言われた。集合論《メンゲンレーレ》にとっては、全体が部分のいずれより大きくはないという、超限数の記号である。私は是非知りたいと思う。カルロス・アルヘンティノ自身があの名前を選んだのか、それとも、彼の屋敷の〈アレフ〉に教えられた無数のテクストの一つで、**すべての点が集中する別の点に適用されたそれ**を読んだのか。信じられないと思われるかもしれないが、私は別の〈アレフ〉が存在する（あるいは存在した）と信じている。私は、ガライ街の〈アレフ〉は偽の〈アレフ〉であったと信じている。

以下、その理由を。一八六七年ごろ、バートン大尉はブラジルでイギリス領事をしていた。一九四二年七月、ペドロ・エンリケス・ウレーニャはサントスのある図書館で大尉の手稿を発見したが、それは、東方ではイスカンダル・ス・アル＝カルナイン、つまりマケドニアの双角のアレクサンドロス大王のものとされる鏡について述べたものだった。その鏡面には全世界が映っていたという。バートンはまた別の似たような仕掛け

＊1　「悔しさの滲む君の祝辞を受け取った」と、彼は書いてよこした。「嫉妬に狂う、我が哀れな友よ、率直に——どんなに辛くても——認めることだ。この度は、僕がこの角帽を真っ赤な羽根で、あるいはこのターバン《カリファ》を最高のルビーで飾りえたのだと」

──カイ・ホスルーの七重のゴブレット、タリク・ベンゼヤッドがある塔で発見した鏡(『千一夜物語』第二百七十二夜)、サモサタのルキアノスが月面で調べることのできた鏡(『本当の話』第一部第二十六章)、カペッラの『サチュリコン』の第一章でユピテルのものとされている鏡のような槍、「円くて凹み、ガラスの世界に似た」マーリンの宇宙鏡(『フェアリー・クイーン』第三巻第二章第十九行)──に言及し、さらに以下の奇妙な言葉を添えている。「しかし、先に挙げたものは(存在しないという欠陥に加えて)単なる光学機器でしかない。カイロにある、アムルのモスクに参集する信徒らは、中央の中庭を囲んでいる石柱の一本の内部に、宇宙があることを知っている……もちろん、誰もそれを見ることはできないが、その表面に耳を寄せる者たちは、少し間をおいて、騒がしい物音が聞こえてくると明言する……モスクは七世紀に建立された。円柱はイスラーム教以前の宗教の別の寺院に由来するものである。なぜなら、アベンハルドゥンも書いているように、**遊牧民らによって建てられた国では、石造りに関する一切においては、外国人の協力が不可欠であるからだ**」

果たして石の内部に〈アレフ〉は存在するのか? 私は、すべての物を見たその時、〈アレフ〉を見、そして忘れたのだろうか? われわれの意識はいわば多孔質で、忘却には弱い。歳月の悲しむべき浸蝕作用によって、私自身もベアトリスの目鼻立ちを歪めたり、忘れたりしている。

エステラ・カントに捧げる

エピローグ

「エンマ・ツンツ」(手に余るほど素晴らしい物語のヒントをくれたのは、セシリア・インヘニエロスである)と、二つの信じるに足る事実の解釈を意図した「戦士と囚われの女の物語」とを除けば、この書物の収める作品は幻想的な性質のものである。すべての作品のなかでは、冒頭のものがもっとも手が込んでいる。その主題は、不死の観念が人間たちに及ぼす効果である。不死の人びとのための倫理の素描のあとに来るのが「死人」である。この物語におけるアセベド・バンデイラは、リベーラかセロ・ラルゴ生まれの男であり、同時にまた粗暴な神であり、チェスタートンのあの比類ないサンディの、白人と黒人の混血の、粗野な変種である。(『ローマ帝国衰亡史』第二十九章は、オタロラのそれに似た運命を語っているが、はるかに壮大であり、はるかに信じ難いものがある)。「神学者たち」については、彼らは個人の自己同一性についての夢、どちらかと言えば憂鬱な夢であると、また「タデオ・イシドロ・クルスの生涯」については、それはマルティン・フィエロの注釈であると言っておこう。「アステリオーンの家」とその哀れな主人公の性格は、一八九六年に描かれたワットの絵に負うている。「もう一つの死」は時間をめぐる幻想であり、ペトルス・ダミアーニの理論に照らして構想したものである。先の戦争中、ドイツが敗北することを私以上に強く望んだ者はいなかった。ドイツの運命の悲劇性を私以上に感じた者はいなかった。「ドイツ鎮魂曲」は、ドイツについて何も知らない、わが「親独派」の連中が涙することも、いや疑うこともなかったあの運命を理解しようとするものだ。「神の書跡」は好意的な評価をえてきた。ジャガーに強いられて、私は「カホロムのピラミッドの神官」に、カバラ学者や神学者の意見を語らせることになった。「ザーヒル」と「アレフ」には、ウェルズの短篇「水晶の卵」(一八九九)の影響が多少認められると思う。

ブエノスアイレス、一九四九年五月三日

J・L・B

一九五二年のあとがき。この再版には四篇が加えられた。「アベンハカン・エル・ボハリー、おのが迷宮に死す。」は、その恐ろしげな題名にもかかわらず、記憶に残る作品ではない(と決めつけられている)。それは、筆耕たちが『千一夜物語』に挿入したのに、慎重なガランが削除した「二人の王と二つの迷宮」の一種である。「待ち受け」については、もう十年も前に、ブリュッセルの書誌学会のハンドブックに基づいて図書の分類を行っていたとき、アルフレード・ドブラスが読んでくれた警察の記録からヒントを得たとだけ言っておこう。あのハンドブックに関しては、〈神〉には数字231が対応すること以外は、すべて忘れてしまったが。警察の記録の人物はトルコ人であったが、より身近に感じられるように、イタリア人に変えた。ブエノスアイレスのパラナー街の角に存在する、奥行きのあるアパートメントをちらとだが何度も見たことが、「門口の男」と題する物語のヒントとなった。真実味の乏しさを和らげるために、舞台をインドにした。

J・L・B

〔訳者付記〕

本書は、Jorge Luis Borges: El Aleph, 1949, 1952 の全訳です。翻訳にあたっては、基本的には全集版 Jorge Luis Borges: Obras Completas 1923-1949, Emecé Editores, S. A., Buenos Aires, 1989 を使用し、随時 Jorge Luis Borges, Œuvres complètes, Tome I, La Pléiade, Éditions Gallimard, 2010 を参照しました。

解　説

一九四五年の夏の終わり、二月か三月に書かれたと思われる手紙の中でボルヘスは、「世界のありとあらゆる場所がそこにある場所(それはブラジル通りにある)についての物語」の草稿を書き終えそうだと記し、「この物語を君に捧げたい」と告げている。宛先は、その年の半ば頃にボルヘスが結婚を申し込むことになるエステラ・カント。手紙には、もうひとつのプレゼントとして、彼が見つけた「魔法を思わせるもの」である万華鏡も約束されていた。その後、万華鏡を手に現れたボルヘスはとても嬉しそうで、執筆中の物語の視覚的イメージを見出していたのではないか、とエステラ・カントは自著『逆光のボルヘス』に書いている。ほどなくしてボルヘスは、手書きの文字がびっしりと並び、そこここに修正や書き込み、削除の線などが加えられた一冊のノートを持って彼女の家へやってきて、それを彼が読み上げ、エステラ・カントがタイプライターで原稿にしたという。末尾に彼女への献辞を記した原稿は『スル』誌に持ち込まれ、九月号に短篇「アレフ」として掲載される。

手書きの草稿はそのままカントの手元に残る。晩年のボルヘスは、彼女が経済的理由を挙げて「あなたが亡くなったらあの草稿を売ることにする」と告白すると、「もしわたしが真の紳士であったならば、いますぐ化粧室に行くところだ、数秒後に銃声が響き渡ることだろうに」と言ったという。しかし、結果として草稿はボルヘスが亡くなる前の年、一九八五年にサザビーズの競売にかけられ、スペイン文化省がこれを入手、マドリードにある国立図書館に収められた。一九八九年には、スペインの国立図書館とアルカラ・デ・エナーレス大学、ブエノスアイレスにあるボルヘス国際財団などの協力で、方眼が打たれたこのノート十九枚分を、色はもちろん、シミや汚れ、破れ具合や風化して脆くなった質感までも再現したいわゆるファクシミリ版が制作された。掲載誌『スル』を模した「アレフ」の初出版の抜刷とともに千一部限定(もちろんこれは、ボルヘスが何度も引用した『千一夜物語』による数字だろう)で番号を付された箱入りのセットである。

ボルヘス自身が「小人の文字」と呼ぶ、一風変わった小さな文字や、添削のために付された数字やさまざまな図形は、目の悪い彼が顔を紙に近づけて書いていた様子を彷彿させる。『伝奇集』に収められた「『ドン・キホーテ』の著者、ピエール・メナール」では、語り手がピエール・メナールの草稿について、「彼の方眼入りのノートや、黒い抹消や、独特の印刷上のしるしや、虫のような文字を記憶している」(鼓直訳)と回想しているが、これはそのままボルヘス自身の草稿に当てはまるのである。

とりわけ、「見る」という動詞の完了過去一人称単数形——私は見た——が頭韻を踏むアレフ出現の場面は、視覚的にも感興をそそる。のちに「アレフ」についてボルヘスは、「物語を書くときのわたしの最大の関心は、ウォルト・ホイットマンが見事になしとげたこと——無限の事物を限界のあるカタログに書き留めることにある」(牛島信明訳)と書き、それが不可能な作業だと断じている(英語で編まれたアンソロジー『ボルヘスとわたし』に添えられた著者による注釈)。作中にも「無限の全体の列挙」とあるその不可能性に挑戦するかのように、草稿のアレフ出現の場面は珍しく全面的に書き換えられ、文頭に付された赤字の番号によって入れ替えや挿入の指示が何か所にもほどこされており、ボルヘスが微に入り細をうがって章句を構成しようとしたことがうかがえる。また、構想の段階ではブラジル通りにあるとされた家は、草稿ではすでにブエノスアイレスを建設したファン・デ・ガライの名を取った通りに移され、最初はベアトリスの兄(弟)であったダネーリがいとこと直されるなど、設定の変更も見て取れる。そして、タイトルでもあるあの物体は、最初から〈アレフ〉だったわけではなく、ダネーリの口からはじめてその名が出される部分では、「地下室の片隅にミフラーブが存在する（中略）ミフラーブとは……」となっているのを、あとから〈アレフ〉と訂正していることも興味深い。

さらに二〇〇一年、ペルーの文学者フリオ・オルテガらが、生成研究的視点からこの草稿を精査し、ノートの写真とそれを活字に起こしたもの、そして「アレフ」を巡る代表的なエッセイを一冊の本にまとめた。瞠目すべきは、そこにファクシミリ版には含まれていなかった表紙と裏表紙の写真が加えられていたことである。ボルヘスが一九二九年に詩集のタイトルに用いた〈サン・マルティン印〉ではなく、ミネルヴァの横顔とともにコンパスや定規や分度器などが描かれたその表紙の余白にも、ボルヘスの文字によるいくつかの書き込みがある。いちばん上にはアレクサンドリアのコスマス・インディコプレウステスの名が記され、その後に、アルファベットとローマ数字とアラビア数字が添えられている。オルテガらはそれらの記号が『ブリタニカ百科事典』、『スペイン・アメリカ事典』、『チェンバーズ百科事典』における、コスマス・インディコプレウステスの項目がおかれた巻とページであることをつきとめ、そこにこの物語の出発点があると主張する。本書収録の短篇「神学者たち」でアウレリアヌスとヨハネスがその正統性を支持しているとおり、六世紀にエジプトで活動した修道士であるコスマスの『キリスト教地誌』には、大地は平面であり、宇宙とは、弧を描く天と平たい大地からなる、ちょうどモーセの「契約の箱」に似た形状をしていると書かれている。オルテガらはこれがボルヘスの〈アレフ〉の原型であり、だからこそ〈アレフ〉は当初ミフラーブ（メッカにある至聖の神殿カアバの方角を示す、モスク内部の壁龕）と名づけられ、またたからこそダネーリは地下室にあると言われた「ムンド」をトランクとして認識するのだと言う。

「方形」の「ミフラーブ」が〈アレフ〉の原型だったという説は、全宇宙を含むその「物体」を完全な形態である球体とし、またヘブライ語の第一の文字をとって〈アレフ〉と名づける「ボルヘスらしさ」から遠いものであるぶん、かえって魅力的であるし、草稿を見る限り説得力はある。発表時期を考えても、表紙のメモが、実際にコスマスが引き合いに出される「神学者たち」のためのものであるとは考えられない。そのメモのすぐ下に、ボルヘスがタイプ原稿を作った際にエステラ・カントと大笑いをした箇所だというダネーリの詩の一部が書きつけられていることからも、これが「アレフ」の生成に深く関わるメモであることは疑いえない。

「アレフ」の着想について、一九七三年の講演でボルヘスは次のように述べている。

わたしは、神学者たちが、永遠とは昨日と今日と明日の集成なのではなく、シェイクスピアが『マクベス』で言うような私たちの昨日という昨日が、現在のすべてが、そして計り知ることのできない未来のすべて、あるいはいくつもの未来が集約された瞬間、無限の瞬間であると書いているのを読みました。そして考えたのです、驚くべきことに、時間の総体を包含し、また要約するその瞬間を想像した人間がいるのだから、同じことを、よりつつましい空間という概念に当てはめてみるのはどうだろう、と。(「わたしの散文」)

永遠の概念を空間に当てはめる、これが「アレフ」執筆のきっかけとなった。一九三六年の「永遠の歴史」(『永遠の歴史』)はボルヘスの主要なモティーフのひとつである永遠を軸に展開されるエッセイで、そこには、永遠とは過去と現在と未来の集積ではなく、「もっと単純な、そしてもっと摩訶不思議なもの、それら三つの時間の同時的存在」であり、「時間の断片の一切を同時的、全体的に直観すること」(土岐恒二訳)だと記されている。とくに後者の引用は、それを、空間の断片の一切を同時的、全体的に直観する、と読み替えればこのエッセイが「アレフ」の出発点なのではないかと思わせるものとなる。ボルヘスは「永遠の歴史」を執筆した頃すでに、空間のすべてを包含する極小の空間について考えていたのではないだろうか。そして、おそらく、コスマス・インディコプレウステスの『キリスト教地誌』における宇宙の形状に触発されて、「世界のありとあらゆる場所がそこにある場所についての物語」を書くに至ったのだ。はじめはコスマスの宇宙の形がイメージされ、その場所が「ミフラーブ」と名づけられた。おそらくミフラーブが遠く指し示すカアバの形状なども思い描いていたのだろう。ただし、草稿を見ると、最初にミフラーブと二度記した行からさほど離れていない次のページでは、ダネーリははじめから〈アレフ〉と言っている。つまり非常に早い時期に、ほとんど躊躇《ちゅうちょ》なく方形のミフラーブは破棄されたことになる。そして〈アレフ〉を選択することで今度は、形状も球体になったのだ。ミフラーブの記憶は、かつては柱によってカアバの方向を示していたというアムルのモスクの柱にこそ〈アレフ〉があるのではないかという疑念にも息づいている。

ボルヘスが円や球体を崇高なものと結びつける例については枚挙に暇がない。『伝奇集』に所収された「バベルの図書館」では円環的な書物が神とみなされ、また格言によれば図書館とは「その厳密な中心が任意の六角形であり、その円周は到達の不可能な球体」(鼓直訳)だと述べており、それは「アレフ」の「その中心は至るところに在るが円周はどこにもない球体」や、のちのエッセイ「パスカルの球体」(『続審問』)を先取りする。本書に収められている作品を見ても、ザーヒルは円形、ツィナカーンが目にするのは「至高の〈輪〉」であるし、いくつかの円形の迷宮も見られる。実はボルヘス自身、先に引用した「アレフ」誕生物語を以下のように続けている。

こうしてわたしは、地下室のある家を思い描き、その地下室に輝く小さな、ほんの小さな、丸い物体を思い描きました。あらゆるものであるためには、丸くなければならなかったのです。円環は永遠を表す形象であり、あらゆる場所をそこに含んでいます。そしてあらゆる場所を含んでいるということは、その小さな物質自体が占めている場所をも含んでいるということになります。こうして「アレフ」のなかには〈アレフ〉――このヘブライ語の単語は円を意味しています――があって、その〈アレフ〉のなかにはもうひとつの〈アレフ〉があって、際限なく小さくなっていくのです。(「わたしの散文」)

執筆から三十年近くを経た講演で、作者はミフラーブと名づけたことは忘れたかのように、丸くなければならなかったのだと述べている。形と名前が違っても、この作品がボルヘスの代表作となりえたかどうか、さだかではない。とはいえ、早晩この物体は球形となるよう、アレフ、と呼ばれるよう、運命づけられていたに違いない。

〈アレフ〉に無限の反復というモティーフを見出す先の引用の後半は、エッセイ「『ドン・キホーテ』の部分的魔術」(『続審問』)に登場する英国の地図の話とも重なり合う。また、精密な地図を求めるがあまり原寸大の地図を作り出した地理学者たちを語る小品「学問の厳密さについて」(「アレフ」の一年後の一九四六年発表、その後『汚辱の世界史』に、さらに『創造者』に所収される)もまた、永遠を空間に適用した一例なのかもしれないと思い当たる。存在可能なすべての書物を収めた「バベルの図書館」や、あらゆる記憶を保持した「記憶の人、フネス」(『伝奇集』)もまた、永遠の時間に対する関係を、それぞれ図書館の本に対する関係に、一人の人間の記憶に対する関係に当てはめたと考えることもできるかもしれない。「永遠の歴史」では、過去と現在と未来を包含する永遠を、父と子と聖霊からなる三位一体になぞらえており、いずれもが「多を収める一」というボルヘスの散文の主要なテーマに収斂し、彼が多用するテーマやモティーフが、分かちがたく結びつくことにあらためて気づかされる。

さて、その短篇「アレフ」を表題とする短篇集『アレフ』の成り立ちについても少し紹介しておこう。そもそも、世界的によく知られているボルヘス像は、一九四〇年代に作られている。読み書きを禁じられるほど視力が落ちるのは次の五〇年代のことだとはいえ、短篇作家ボルヘスも、講演するボルヘスも、ビオイ=カサーレスと共作するボルヘスも、この四〇年代に生まれたのだ。エッセイ集のなかで最も有名な『続審問』(一九五二年初版刊行)もまた、それを構成する作品のほとんどは四〇年代に書かれている。

はじまりは一九三八年の十二月のこと。三十九歳のボルヘスは頭に負った怪我がもとで高熱に悩まされたあげく敗血症になり、意識不明のまま病室のベッドで生死をさまよった。身体が快方に向かっていくそのとき、彼を不安にさせたのは、自分の頭が、精神が、元のままかどうかということだった。それまで書いていたような詩やエッセイを試して失敗したら知的破滅だと考えた彼は、ほとんど書いたことのなかった物語に手をつけることで文学活動への復帰を試みた。三九年の五月に発表された「『ドン・キホーテ』の著者、ピエール・メナール」の執筆を嚆矢とする、ボルヘスの、いわば「知的リハビリ」は、一九四一年に八つの作品からなる『八岐の園』という実を結んだ。一九四四年にはこの『八岐の園』を第一部とし、「工匠集」と名づけられた第二部に六篇を収めた『伝奇集』が刊行される。当時ボルヘスは『オガール』という雑誌の文芸欄を担当していたこともあり、エッセイや書評は怪我から復帰してまもなく書き始めるものの、詩については一九三九年から四四年までの間にわずか数篇しか発表していない。四五年以降となると、次に詩が活字になるのは五三年を待たなくてはならないほどだ。昔のような作品を書いてみたらどうかと勧める母親に、「そんなもの放っておいていいんだ」とまで言い、彼は短篇を書き続けた。

一九四四年、執筆だけでなく翻訳や編集にも携わっていた雑誌『スル』の二月号に「裏切り者と英雄のテーマ」を、八月号に「ユダについての三つの解釈」を掲載、この二作品は『伝奇集』に組み入れられる。そして同じく『スル』十二月号に発表したのが「タデオ・イシドロ・クルスの生涯」だった。アルゼンチンの古典中の古典で、そのナショナル・アイデンティティの礎とも考えられるガウチョ、マルティン・フィエロの半生を描いた物語詩『マルティン・フィエロ』(一八七二年)の登場人物クルスについて、ボルヘスは彼がこの作品の中で「最も興味深い、謎に満ちた人物」であると考えており、そのクルスを象徴する一場面を書き直した短篇である。よく知られた『マルティン・フィエロ』のクルスだと気づかれぬよう、「タデオ・イシドロ」という名を与え、ボルヘス自身の先祖を意識した歴史的エピソードを挿入したのだと言う。同じ年に発表されながら、『伝奇集』所収の「裏切り者と英雄のテーマ」がアイルランドを舞台に選び、また「ユダについての三つの解釈」がキリスト教神学をめぐる論争を描いているのに対して、アルゼンチンの古典をベースにその大地と歴史を盛り込んだ「タデオ・イシドロ・クルスの生涯」は、新たな短篇集『アレフ』に収められる短篇群の幕開けにふさわしいものであった。

『八岐の園』そして四四年の『伝奇集』は、それまで幾度となくブエノスアイレスの街に詩を捧げたボルヘスらしからぬ作品で、はっきりとブエノスアイレスを舞台にした作品はほとんどない。ブエノスアイレスの悪夢的描写であるという「死とコンパス」の都市を除けば、このアルゼンチンの首都は「トレーン、ウクバール、オルビス・テルティウス」にわずかに現れるだけである。一九三〇年のエッセイ集『エバリスト・カリエゴ』で注目し、三五年の「薔薇色の街角の男」(『汚辱の世界史』)で取り上げた場末の様子も、『伝奇集』の短篇には現れない。パンパやガウチョを扱ったものも、「記憶の人、フネス」で、語り手が親戚の持つ農場からフネスの住むウルグアイの小都市フライ・ベントスに行く際に垣間見られるかどうかといった程度である。

「タデオ・イシドロ・クルスの生涯」をボルヘスは、「野性の呼び声のアルゼンチン版である」と書いている(原文の英語は「野性の呼び声」という箇所を大文字にもイタリックにもしていないことからすると、ロンドンの小説を大いに意識しながらも、もっと大きな意味で使っているはずである)。ボルヘス自身もこの物語を書くことで野性の呼び声に応えようとしたのではないだろうか。作家でもあった政治家で、アルゼンチン大統領もつとめたドミンゴ・ファウスティーノ・サルミエントの一八四五年の作品『ファクンド――文明と野蛮』がとある叢書に収められる際に、ボルヘスは序文を寄せている。その冒頭で彼は『ファクンド』はわれわれにひとつの二者択一――文明か野蛮か――を提示しているが、それは、私の考えによれば、わが国の歴史の過程全体に適用可能である」と述べている。「タデオ・イシドロ・クルスの生涯」はたしかに書物から生まれた物語という「ボルヘスらしさ」を有してはいるものの、これを書くことでボルヘスは、アルゼンチンの歴史の過程を、その「文明」だけでなく「野蛮」をも自らの作品の中に取り込もうとしたのだ。実際この後書かれる作品には、アルゼンチンやウルグアイを舞台にしたものが増えていく。

あくる四五年に発表した短篇はブエノスアイレスの街を舞台にした「アレフ」のみである。『伝奇集』の刊行がひとつの区切りとなったのか、刊行作品そのものの数も少ない。これには一月頃より書き始めた「アレフ」に半年ほど取り組んだことも起因しているのだろう。一方、同じ年に、のちに人気作家となるシルビナ・ブルリッチとならず者《コンパドリート》をめぐるアンソロジーを編んだときには、先述した作品「薔薇色の街角の男」を提供し、またペンネームを使ってならず者をテーマにした詩を書き、ならず者たちの世界への回帰を果たす。前年にフォークナーの『野生の棕櫚』を翻訳していたボルヘスは、この年には翻訳こそしないが、トマス・カーライルの『衣服哲学』、ヘンリー・ジェイムズの『ノースモア卿夫妻の転落』、ウィリアム・ジェイムズの『プラグマティズム』、ジョルジュ・サンドとミュッセの書簡集、など多岐にわたる翻訳書に序文を付している。

一九四六年はボルヘスに転機をもたらした。七月、彼のもとに、三七年より九年間働いた市立図書館から市営市場の鶏と兎の検査官に「昇進した」という知らせが届く。役所にその理由を尋ねに行くと、大戦中に連合軍を支持していたからだと告げられる。四三年のクーデターののち台頭したペロンが二月の選挙で勝利し、六月に大統領に就任した直後である。三〇年代後半以降ボルヘスは何度かエッセイで反ナチス論を展開し、四四年にはアルゼンチンのヒトラー支持者たちがパリ解放に熱狂した理由を探るエッセイ「一九四四年八月二十三日に対する註解」(『続審問』)を、四五年にはドイツ降伏に際して、ドイツの野望を打ち砕いたアメリカ、ロシア、イギリスの偉業を讃えつつ、イギリス文化への傾倒を再確認する小品「平和に関する覚え書き」を書いている。ボルヘスは、この「昇進」をペロンに売られた喧嘩と捉え、翌日に辞表を出す。

こうしてボルヘスは、執筆と編集だけで食べていかざるをえなくなるのだが、仲介の労をとる人間が次々に現れ、いくつかの講座や学校で文学にかんする授業を、またアルゼンチンのあちらこちらで、さらにはウルグアイでも講演をする機会に恵まれる。とても人前で話すことなどできないと、最初の講演をしたときには原稿を代読してもらっていたボルヘスだったが、やがて、むしろその講演で知られるほどになっていく。この年、短篇は『スル』の二月号に、死刑を待つ元ナチス兵の独白からなる「ドイツ鎮魂曲」を、十一月号にはブエノスアイレスの場末で生まれたならず者の運命を描く「死人」を発表している。くわえて、少部数ながらビオイ゠カサーレスとの共作を二冊刊行する。ひとつは二つの短篇を収めた『忘れがたき二つの幻想』で、四二年の『ドン・イシドロ・パロディ　六つの難事件』と同じH・ブストス゠ドメック名義で書かれた。もう一冊はB・スアレス・リンチという名前を用いて、こちらはドン・イシドロ・パロディの世界を描き、ドン・イシドロ・パロディの「作者」であるブストス゠ドメックが序文を書いている『死の手本』だ。同じ年、雑誌『ブエノスアイレス年報』が発刊され、編集長となったボルヘスは二年にわたって刊行された全十九冊のうち、実に十六冊に何らかの作品を掲載しており、そこにもビオイ゠カサーレスとの共同名義のものが少なからず見られる。

翌年も『ブエノスアイレス年報』への投稿が続くがこの年は短篇が多く、二月号には先述した「バベルの図書館」を一人の人間で体現させせようとするかのように、文学の円環性をテーマとした、ボルヘスの作品中最長の「不死の人」、四月号には敵対する二人の神学者を描いた「神学者たち」、五月六月合併号には迷宮の中に住む孤高の人物が語り続ける「アステリオーンの家」、七月号には亡くなった愛する女性を象徴するコインのことしか考えられなくなる物語「ザーヒル」を発表している。空いた二ページを埋めるために「アステリオーンの家」を数日で書き上げなければならなかったとボルヘス自身が語っているなど、必要に駆られたところもあるにせよ、『スル』六月号に載せた、求めるものがすぐそこにありながらたどりつくことのできない「アヴェロエスの探求」を含め、これほどの数の短篇を発表した年はあまりない。

四八年の一月に出た『ブエノスアイレス年報』最終号にボルヘスの名前はなく、この雑誌に追われる生活にもひと区切りついたのか、刊行された短篇は推理もののようなプロットを備えた復讐譚「エンマ・ツンツ」(『スル』九月号)のみである。フロリダ通りで女性による反体制デモの輪に飛び入りして国歌を歌った母親と妹が逮捕され、高齢の母親こそ自宅での監禁ですんだが、妹に至っては刑務所でひと月を過ごすことになる大事件が起き、ボルヘスのペロン嫌いが頂点に達するのもこの年だ。ほとんど作品を発表していないこの年の唯一の例外は『神曲』関連のエッセイで、ウルグアイの雑誌『エスクリトゥーラ』の三月号を皮切りに、『ナシオン』紙と『スル』に合わせて五本を載せている。これらはアルゼンチンで刊行されていた古典全集の一冊として翌年に『神曲』が出版される際の「序説」を構成し、その後に書かれた『神曲』論とともに『ボルヘスの「神曲」講義』(原題は『ダンテにかんする九つの試論』、八二年)としてまとめられる。講演集『七つの夜』の第一夜で『神曲』を取り上げていることから推測するに、『神曲』は彼の講演の主要なレパートリーで、講義や講演が増えていくこの時期にダンテの大作について考え、そして語り、これらのエッセイが生まれたのだろう。すくなくとも翌年にコルドバでダンテについて講演をしていることはビオイ＝カサーレスの日記からわかる。四九年のビオイ＝カサーレスの日記には、ボルヘスがいかに講義や講演で忙しくしているかが記されている。それによればその年、ボルヘスは北アメリカ文学について、イギリス近代作家について、神秘家について、イギリス文学についての講義をし、アルゼンチンやウルグアイの各地でいくつもの講演を行っているのだ。幻想文学、『マルティン・フィエロ』、スヴェーデンボリ、ショーペンハウアー、マックス・ノルダウ、仏教、マルティン・ブーバー、ガウチョ詩、ゲーテ、『千一夜物語』、セルバンテスなど、そのテーマは多様だった。はじめてボルヘスの講演(ジョージ・ムーアについての)に出席したビオイ＝カサーレスはその流暢な話しぶりに驚き、人前で話すことなどできないと言ったのはでまかせに違いないと日記に書きつけている。

四九年の一月にボルヘスが『ナシオン』に発表した「もう一つの死」(初出時のタイトルは「あがない」)は一人のガウチョの汚名挽回の物語であると同時に、そのアイディアはペトルス・ダミアーニの推論から生まれたと書かれている。十一世紀の神学者ペトルス・ダミアーニはダンテによって高く評価され、『神曲』天国篇にも登場するので、これも『神曲』関連のエッセイと同じ源泉をもっているはずだ。この年にはまた、『スル』二月号に「神の書跡」を、五月号に「戦士と囚われの女の物語」を発表している。前者は彼によれば、動物園で虎やジャガーを、檻から離れようとせず飽かず眺めていた幼少期の記憶と、両目の手術を受けて何日間もベッドに横になっていなければならなかったという個人的な経験が、万物を書跡にたとえるカバラやレオン・ブロワの考えとつながってできあがったものだという。そして後者は、対立する二人の人間の運命の同一性を語る。

こうして四四年以降様々な紙誌に掲載してきた十三の短篇はすべて、短篇の四〇年代を締めくくるかのように一九四九年に短篇集『アレフ』として出版される。五〇年代前半にも短篇は年に一、二本のペースで発表され、追われる男の最後の日々を描いた五〇年の短篇「待ち受け」(『ナシオン』)、五一年の推理もの「アベンハカン・エル・ボハリー、おのが迷宮に死す。」(『スル』八月号)、五二年の、語られる時間と語る時間との時差がいつの間にか消失する「門口の男」(『ナシオン』)の三篇は、五二年に小品「二人の王と二つの迷宮」とともに『アレフ』第二版に組み入れられる。このとき初版において最後の作品だった「アレフ」の直前に新たな作品を収め、現在の『アレフ』である本書の構成となる。また、五二年の「フェニックス宗」(『スル』九月十月合併号)と、あの頭部に負った怪我の逸話を盛り込んだ五三年の「南部」、および同じ年に発表した、ふたたび『マルティン・フィエロ』から紡いだ物語である「結末」(いずれも『ナシオン』)は、五六年に新たにエメセ社から刊行された『伝奇集』に入れられる——ガウチョの世界を舞台にした「南部」と「結末」が同種の作品を収録した『アレフ』ではなく『伝奇集』の帰属となったのは、それぞれの第二版が出されたタイミングでしかなかったはずだ。それ以降、ボルヘスは数度にわたる手術もむなしく視力がほとんどなくなり、読み書きを禁じられたこともあり、ふたたび詩作をその活動の中心としていく。本を読むにも作品を書くにも誰かの手を借りなければならなくなり、そうした状況の中では詩、とくに定型詩が、創作する際にも、そして記憶にとどめておくためにも手に届きやすいものだったのだ。

次に短篇が書かれるようになるのは十年以上を経た六〇年代の終わり頃である。

四〇年代前半の作品から構成される『伝奇集』のブッキッシュでコスモポリタンな性格は引き継がれつつ、後半の短篇の集成である『アレフ』では、そこに、彼が何度も詩に描いたブエノスアイレスの街並みだけでなく、パンパやガウチョに代表される大地、サルミエントの言う「野蛮」とが混じり合い、その結果、この短篇集がかえって普遍的なものになっている。千三百年という時間と大海を隔てて二人の人間の運命が重なり合う「戦士と囚われの女の物語」はその最たるものであろう。ロンゴバルド族のドゥロクトゥルフトは攻撃していたローマという都市の美しさに触れ、文明に魅了され、それを護るために落命し、他方、「文明」を体現するイギリス人女性はアルゼンチンの野蛮に囚われる。二人を同じ銅貨の裏と表にしている衝動は、物語の垣根を越え、「単調で野蛮な世界に生きた」タデオ・イシドロ・クルスをも結びつけている。中世の神学的冒険を、ウルグアイの内戦に駆り出されたアルゼンチンのガウチョの物語と交錯させる「もう一つの死」もまた、同じ特徴を有している。ボルヘスによれば、「二人の王と二つの迷宮」のバビロニア王は文明、そしてブエノスアイレスの人間を、アラビア王は野蛮、そしてガウチョを表しているのだという(『ボルヘスとわたし』)。そして「死人」の語り手は、「われわれは——これらの記号を織り込む者もまた——蹄の下でとどろく無涯の平原にあこがれを抱く」と告白する。

ドゥロクトゥルフトは、クローチェの『詩学』に引用された歴史家の文章の中の存在であり、もう一方の囚われの女は、母親から聞いた実話で、母親自身の体験に息づいている。マヤの神官が語る「神の書跡」では、神秘主義的宇宙観がボルヘス自身の体験と結びついていく。『伝奇集』においてはディテールにすぎなかった自伝的な要素は、『アレフ』ではむしろ自然に現れ、そこにより人間らしいボルヘスが感じられることも多い。表題作である「アレフ」や、もう一つの〈アレフ〉ともいうべき「ザーヒル」では、ブエノスアイレスの街並みを舞台にし、また愛する女性の死からいつまでも離れられない語り手が、どちらも「ボルヘス」を名乗っている。

多を収める一、無限の反復、複数の人間の同一性、といったボルヘスの作品に繰り返し現れるテーマや、時間、永遠、迷宮、鏡、といった彼が得意とするモティーフは『アレフ』にも何度も登場する。「重大な出来事は時間の外にある」(「エンマ・ツンツ」)、「高名な詩人は創造者よりむしろ発見者」(「アヴェロエスの探求」)、「人間の運命は、いかに長く複雑なものであっても、実際にはわずかに一瞬から成る」（「タデオ・イシドロ・クルスの生涯」）といった箴言とも言うべき言葉にも事欠かない。ただ、『アレフ』においてそういったボルヘスらしさは、自伝的要素を巻き込んで、より血肉を備えたものであるように感じられる。そしてその分、この短篇集に収められた作品はその多くに孤独を漂わせている。「濃厚な不幸の九年間」と呼んだ図書館勤めから解放され、作家の友人たちとのつきあいもあり、講演では多くの人が彼の話に耳を傾ける、むしろ孤独を感じることが少なくなったはずとも言える四〇年代後半のボルヘスである。にもかかわらず、「アレフ」や「ザーヒル」の語り手である「ボルヘス」たち、アステリオーン、ペドロ・ダミアン、ツィナカーン……登場人物たちに孤独がまとわりついているのはなぜなのだろう。それはいくつかの作品の献辞に記された女性たちと関係しているのだろうか、それとも執筆の際の孤独なのだろうか、あるいは、人間存在の本質は孤独だと直観していたからだろうか。いずれにしても登場人物たちの孤独は、作品に自伝的要素が強く表れていることと無関係ではないはずだ。あるいは、短篇に自分自身を滑り込ませる「余裕」がそうさせているのかもしれない。ボルヘスは自身を、「自らの困惑を、そして哲学と呼ばれる困惑の体系を文学形式に転化させる」人間、いわば困惑の詩人と認じていた。当時の彼の困惑は、『アレフ』の諸作品に『伝奇集』とはまた異なる色を与え、それゆえ読者はいっそうボルヘスその人をそこに感じるのではないだろうか。

二〇一六年十一月

内田兆史

アレフ　J.L.ボルヘス作

2017年2月16日　第1刷発行
2024年8月6日　第5刷発行

訳者　鼓《つづみ》　直《ただし》

発行者　坂本政謙

発行所　株式会社　岩波書店
〒101-8002 東京都千代田区一ツ橋 2-5-5

案内 03-5210-4000　営業部 03-5210-4111
文庫編集部 03-5210-4051
https://www.iwanami.co.jp/

印刷・三陽社　カバー・精興社　製本・牧製本

ISBN 978-4-00-327928-1　Printed in Japan

読書子に寄す

――岩波文庫発刊に際して――

岩波茂雄

真理は万人によって求められることを自ら欲し、芸術は万人によって愛されることを自ら望む。かつては民を愚昧ならしめるために学芸が最も狭き堂宇に閉鎖されたことがあった。今や知識と美とを特権階級の独占より奪い返すことはつねに進取的なる民衆の切実なる要求である。岩波文庫はこの要求に応じそれに励まされて生まれた。それは生命ある不朽の書を少数者の書斎と研究室とより解放して街頭にくまなく立たしめ民衆に伍せしめるであろう。近時大量生産予約出版の流行を見る。その広告宣伝の狂態はしばらくおくも、後代にのこすと誇称する全集がその編集に万全の用意をなしたるか。千古の典籍の翻訳企図に敬虔の態度を欠かざりしか。さらに分売を許さず読者を繋縛して数十冊を強うるがごとき、はたしてその揚言する学芸解放のゆえんなりや。吾人は天下の名士の声に和してこれを推挙するに躊躇するものである。このときにあたって、岩波書店は自己の責務のいよいよ重大なるを思い、従来の方針の徹底を期するため、すでに十数年以前より志して来た計画を慎重審議この際断然実行することにした。吾人は範をかのレクラム文庫にとり、古今東西にわたって文芸・哲学・社会科学・自然科学等種類のいかんを問わず、いやしくも万人の必読すべき真に古典的価値ある書をきわめて簡易なる形式において逐次刊行し、あらゆる人間に須要なる生活向上の資料、生活批判の原理を提供せんと欲する。この文庫は予約出版の方法を排したるがゆえに、読者は自己の欲する時に自己の欲する書物を各個に自由に選択することができる。携帯に便にして価格の低きを最主とするがゆえに、外観を顧みざるも内容に至っては厳選最も力を尽くし、従来の岩波出版物の特色をますます発揮せしめようとする。この計画たるや世間の一時の投機的なるものと異なり、永遠の事業として吾人は微力を傾倒し、あらゆる犠牲を忍んで今後永久に継続発展せしめ、もって文庫の使命を遺憾なく果たさしめることを期する。芸術を愛し知識を求むる士の自ら進んでこの挙に参加し、希望と忠言とを寄せられることは吾人の熱望するところである。その性質上経済的には最も困難多きこの事業にあえて当たらんとする吾人の志を諒として、その達成のため世の読書子とのうるわしき共同を期待する。

昭和二年七月

《東洋文学》〔赤〕

- 楚辞　小南一郎訳注
- 杜甫詩選　黒川洋一編
- 李白詩選　松浦友久編訳
- 唐詩選　全三冊　前野直彬注解
- 完訳 三国志　全八冊　小川環樹・金田純一郎訳
- 西遊記　全十冊　中野美代子訳
- 菜根譚　洪自誠　今井宇三郎訳注
- 阿Q正伝・狂人日記（吶喊）他十二篇　魯迅　竹内好訳
- 朝花夕拾　魯迅　松枝茂夫訳
- 歴史小品　郭沫若　平岡武夫訳
- 家　全二冊　巴金　飯塚朗訳
- 新編 中国名詩選　全三冊　川合康三編訳
- 聊斎志異　全二冊　蒲松齢　立間祥介編訳
- 李商隠詩選　川合康三選訳
- 白楽天詩選　全二冊　川合康三訳注
- 文選　全六冊　川合康三・富永一登・釜谷武志・和田英信・浅見洋二・緑川英樹訳注
- 曹操・曹丕・曹植詩文選　川合康三編訳
- ケサル王物語 ―チベットの英雄叙事詩　アレクサンドラ・ダヴィッド＝ネール、アプル・ユンテン　富樫瓔子訳
- バガヴァッド・ギーター　上村勝彦訳
- ダライ・ラマ六世恋愛詩集　今枝由郎・海老原志穂編訳
- 朝鮮童謡選　金素雲訳編
- 朝鮮短篇小説選　全二冊　大村益夫・長璋吉・三枝壽勝編訳
- 尹東柱詩集 空と風と星と詩　金時鐘編訳
- アイヌ民譚集 付 えぞおばけ列伝　知里真志保編訳
- アイヌ叙事詩 ユーカラ　金田一京助採集並ニ訳

《ギリシア・ラテン文学》〔赤〕

- ホメロス イリアス　全二冊　松平千秋訳
- ホメロス オデュッセイア　全二冊　松平千秋訳
- イソップ寓話集　中務哲郎訳
- アイスキュロス アガメムノーン　久保正彰訳
- アイスキュロス 縛られたプロメーテウス　呉茂一訳
- アンティゴネー　ソポクレース　中務哲郎訳
- ソポクレス オイディプス王　藤沢令夫訳
- ソポクレス コロノスのオイディプス　ソポクレス　高津春繁訳
- ヒッポリュトス ―パイドラーの恋　エウリーピデース　松平千秋訳
- バッカイ ―バッコスに憑かれた女たち　エウリーピデース　逸身喜一郎訳
- ヘシオドス 神統記　廣川洋一訳
- 女の議会　アリストパネース　村川堅太郎訳
- アポロドーロス ギリシア神話　高津春繁訳
- ダフニスとクロエー　ロンゴス　松平千秋訳
- ギリシア・ローマ抒情詩選 ―花冠　呉茂一訳
- オウィディウス 変身物語　全二冊　中村善也訳
- サテュリコン ―古代ローマの諷刺小説　ペトロニウス　国原吉之助訳
- ギリシア・ローマ神話 付 インド・北欧神話　ブルフィンチ　野上弥生子訳
- ギリシア・ローマ名言集　柳沼重剛編
- ローマ諷刺詩集　ペルシウス・ユウェナーリス　国原吉之助訳

《南北ヨーロッパ他文学》〔赤〕

ダンテ 新生　山川丙三郎訳
夢のなかの夢　タブッキ　和田忠彦訳
カヴァレリーア・ルスティカーナ 他十一篇　G・ヴェルガ　河島英昭訳
カルヴィーノ イタリア民話集 全二冊　河島英昭編訳
むずかしい愛　カルヴィーノ　和田忠彦訳
パロマー　カルヴィーノ　和田忠彦訳
カルヴィーノ アメリカ講義 ―新たな千年紀のための六つのメモ　米川良夫・和田忠彦訳
まっぷたつの子爵　カルヴィーノ　河島英昭訳
魔法の庭・空を見上げる部族 他十四篇　カルヴィーノ　和田忠彦訳
ペトラルカ ルネサンス書簡集　近藤恒一編訳
ペトラルカ 無知について　近藤恒一訳
美しい夏　パヴェーゼ　河島英昭訳
流刑　パヴェーゼ　河島英昭訳
祭の夜　パヴェーゼ　河島英昭訳
月と篝火　パヴェーゼ　河島英昭訳
ウンベルト・エーコ 小説の森散策　和田忠彦訳

バウドリーノ 全二冊　ウンベルト・エーコ　堤康徳訳
タタール人の砂漠　ブッツァーティ　脇功訳
ラサリーリョ・デ・トルメスの生涯　会田由訳
ドン・キホーテ 前篇 全三冊　セルバンテス　牛島信明訳
ドン・キホーテ 後篇 全三冊　セルバンテス　牛島信明訳
娘たちの空返事 他一篇　モラティン　佐竹謙一訳
プラテーロとわたし　J・R・ヒメーネス　長南実訳
オルメードの騎士　ロペ・デ・ベガ　長南実訳
サラマンカの学生 他六篇　エスプロンセーダ　佐竹謙一訳
セビーリャの色事師と石の招客 他一篇　ティルソ・デ・モリーナ　佐竹謙一訳
ティラン・ロ・ブラン 全四冊　J・マルトゥレイ M・J・ダ・ガルバ　田澤耕訳
ダイヤモンド広場　マルセー・ルドゥレダ　田澤耕訳
完訳 アンデルセン童話集 全七冊　大畑末吉訳
即興詩人 全二冊　アンデルセン　大畑末吉訳
アンデルセン自伝　大畑末吉訳
王の没落　イェンセン　長島要一訳
イプセン 人形の家　原千代海訳

イプセン 野鴨　原千代海訳
令嬢ユリェ　ストリントベルク　茅野蕭々訳
アミエルの日記 全四冊　河野与一訳
クオ・ワディス 全三冊　シェンキェーヴィチ　木村彰一訳
山椒魚戦争　カレル・チャペック　栗栖継訳
ロボット (R・U・R)　チャペック　千野栄一訳
白い病　カレル・チャペック　阿部賢一訳
マクロプロスの処方箋　カレル・チャペック　阿部賢一訳
灰とダイヤモンド 全二冊　アンジェイェフスキ　川上洸訳
牛乳屋テヴィエ　ショレム・アレイヘム　西成彦訳
完訳 千一夜物語 全十三冊　豊島与志雄・渡辺一夫・佐藤正彰・岡部正孝訳
ルバイヤート　オマル・ハイヤーム　小川亮作訳
ゴレスターン　サァディー　沢英三訳
アブー・ヌワース アラブ飲酒詩選　アブー・ヌワース　塙治夫編訳
王書 古代ペルシャの神話・伝説　フェルドウスィー　岡田恵美子訳
中世騎士物語　ブルフィンチ　野上弥生子訳
コルタサル短篇集 悪魔の涎・追い求める男 他八篇　木村榮一訳